Scrittori italiani e stranieri

Mauro Corona

LA FINE DEL MONDO STORTO

Romanzo

MONDADORI

Dello stesso autore

Nella collezione Scrittori italiani e stranieri
I fantasmi di pietra
Cani, camosci, cuculi (e un corvo)
Storia di Neve
Il canto delle manére

Nella collezione Oscar
Aspro e dolce
Nel legno e nella pietra
L'ombra del bastone
Vajont: quelli del dopo
I fantasmi di pietra
Cani, camosci, cuculi (e un corvo)
Le voci del bosco
Storia di Neve

Nella collezione Varia
Storie del bosco antico
(disponibile anche nella collana Audiobook, con cd audio)

Nella collezione I Grandi
Torneranno le quattro stagioni

La fine del mondo storto
di Mauro Corona
Collezione Scrittori italiani e stranieri

ISBN 978-88-04-60341-2

Published by arrangement with Susanna Zevi Agenzia Letteraria

I edizione settembre 2010

Anno 2011 - Ristampa 8 9 10 11 12 13 14

La fine del mondo storto

Al fedele scudiero, principe dell'omertà, Maurizio Protti, detto Icio Duran, con riconoscenza.

PRIMO QUADERNO

Mettiamo che un giorno il mondo si sveglia e scopre che sono finiti petrolio, carbone ed energia elettrica. Non occorre usare fantasia per immaginarselo, prima o dopo capiterà, e non ci vorrà nemmeno troppo tempo. Ma mentre quel giorno prepara il terreno, facciamo finta che sia già qui. Ha un brutto muso, è un tempo duro, infame, scortica il mondo a coltellate e lo spoglia di tutto. Di quel che serve e di quel che non serve. La gente all'improvviso non sa più che fare per acciuffare il necessario. Prova a inventarsi qualcosa e intanto arranca, senza sapere che una salvezza esiste. Il necessario sta dentro la natura. Ma, per averlo, occorre cavarlo fuori, prenderlo con le mani, e la gente le mani non le sa più usare.

«Sacramento che disgrazia!» dicono. «Non sappiamo usar le mani.»

Ma partiamo dall'inizio.

1

Brutto risveglio

Una mattina d'inverno, le disgrazie d'altronde capitano spesso d'inverno, il mondo si sveglia e scopre che non ci sono più petrolio, né gas né carbone né corrente elettrica. A dir la verità, un po' di corrente esiste ancora. Laddove l'acqua fa girare le turbine c'è forza elettrica, ma è poca cosa. Il problema sono gasolio, benzina, gas, insomma tutto ciò che tiene in vita i motori, e di conseguenza anche la gente, visto che la gente dipende dai motori.

L'umanità, comunque, non scopre quella mattina di essere a secco, quella mattina si dà da fare per non morire, ma la disgrazia è arrivata un po' alla volta.

Da tempo era possibile accorgersene stando dietro a certi segnali, per esempio andando a fare il pieno di benzina. Il pieno ora non si fa, e neanche il mezzo pieno. Si può fare solo il vuoto, le pompe sono a secco. Quelli che vogliono riempire il serbatoio corrono al paese vicino, ma neanche lì ce n'è. Allora vanno nelle città limitrofe, ma niente. Finita. Così tanti rimangono a piedi. Cercano di tornare a casa in taxi, però anche quelli sono a secco. In qualche modo rientrano, ma è dura! Nel giro di poco tempo sono tutti a piedi. Spaventati ma non vinti, si preparano al peggio.

Il peggio deve ancora venire. La gente lo intuisce e cerca ripari. Impaurita, fa mosse incaute, maldestre, sbagliate. La paura fa correre, correre fa sbagliare. Ma è difficile non correre con la morte alle costole e, sentendola appresso, si corre storti. E si sbaglia. Fame e freddo agitano, confondono. E la gente, rimasta a secco, dopo aver stretto il culo, cerca di salvarlo. Non si chiede perché sono finiti combustibili e carburanti. Fame e freddo non fanno domande. Le domande fioriscono a stomaco pieno, vicino alla stufa o in osteria.

Quell'inverno senza gas, gasolio e carbone, prima occorre scaldarsi, dopo ci si preoccupa di mangiare.

Nei paesi di montagna il problema è abbastanza risolvibile. Nelle città invece il discorso cambia. È inverno. L'inverno freddo e umido delle città, con strade e piazze piene di nebbie e solitudini. Solitudini di uno alla volta, che messe insieme diventano una sola, quella di tutti. In città si è sempre soli. Soli e arrabbiati, e ognuno è abituato a badare ai fatti propri, ma senza combustibili la gente è costretta ad andar d'accordo, a darsi una mano.

I primi giorni sono superati con tabarri e spavento. La paura cresce. Il mondo intero è atterrito. La gente di città corre a cercare stufe, fornelli, o qualsiasi oggetto che funzioni a legna. Non si usavano stufe a legna da anni, da un bel pezzo erano state soppiantate e buttate via. Roba da museo ormai, ma adesso servono. Almeno averle messe in cantina, sacramento!

Qualcuno il caminetto ce l'ha. Di quelli con il vetro davanti e le fiamme dentro. Fiamme artificiali sempre uguali che danzavano a batteria. Solo per bellezza, guai sporcare di fumo le pareti. Le mogli s'incazzavano.

Alla fine, la gente s'arrangia con bidoni, catini, conche di ghisa, di ferro, pignatte. Insomma, trova ogni tipo di recipienti per mettere dentro il fuoco. Però i guai non sono finiti. Le case sono grandi, troppo grandi per essere scaldate a stufa. Gli uomini sognano e costruiscono ville, castelli. Non hanno capito niente. La casa perfetta è quella dove, stando seduti e allungando le mani, si può raggiungere tutto ciò che serve. Se l'uomo non l'aveva ancora capito, adesso lo sa. Ci vuole sempre la disgrazia per aprire gli occhi alla gente.

Ora si riuniscono tutti in stanze, camere o tinelli. Il poco spazio può tenere il caldo prigioniero, fermarlo, che non scappi, e con un catino di fuoco si arriva a scaldare qualche metro quadro ma non di più. Gli uomini iniziano a fare attenzione a tutto. Scoprono che il caldo va verso l'alto e allora abbassano i soffitti. Li accorciano con quel che trovano: assi, teli, lenzuola, coperte, cartoni e altro. Così il caldo resta a livello uomo.

Presto però viene a mancare la legna, i camion non partono, i treni non si muovono, le navi neanche, le auto men che meno. Dopo una settimana, forse due, negozi, supermarket, magazzini hanno finito le riserve. Un tempo, vendevano mattonelle, carbone, pellet, cilindri di legno triturato. Roba per braciolate domenicali. Adesso gli scaffali sono vuoti. A dir la verità, qualcosa rimane nei magazzini, ma se la tengono i padroni. E ben stretta. Capita l'antifona, se la sono fatta addosso. Sostengono che le scorte sono finite. Allargano le braccia, fanno i disperati. Credono di essere furbi, ma non si rendono conto che stanno dicendo la verità. E solo questione di tempo e la cuccagna finirà anche per loro

Nel frattempo in giro cresce il panico. Fa sempre più freddo. Che fare? Bisogna trovare legna subito. Messa alle strette la gente s'accorge che può fare a meno di una montagna di robe. Se ne accorge all'improvviso, come se si fosse svegliata da un sogno. Serrata tra le ganasce del freddo che morde le caviglie, la gente scopre una verità molto semplice: che le case sono sommerse da cataste di oggetti inutili che, al tempo dei carburanti, parevano indispensabili.

La gente ragiona e conviene che si possono eliminare quelle robe di legno che non servono a niente, solo a ingombrare. Allora cominciano a fare a pezzi ciò che considerano superfluo per loro e buono per il fuoco. Frantumano tutto sotto le scarpe. Le cose più toste le spaccano a manéra o con la sega. Ma non tutti ne possiedono una, molti non sanno nemmeno cosa sia. Però hanno i cric delle auto. Piazzati bene, quelli demoliscono anche una casa.

Dopo qualche giorno, le cianfrusaglie finiscono. La gente si guarda attorno, riflette. Poi scopre che può mangiare in piedi. Allora via sedie, panche, sgabelli. Tutto quel che accoglieva i culi, spesso in sovrappeso, delle persone viene bruciato nelle stufe. O nei contenitori adattati a stufe. Ma anche le sedie finiscono, panche e sgabelli pure. Allora la gente decide che può fare a meno dei tavoli.

«Fanculo! Mangiamo per terra» dicono, con l'ansia negli occhi.

E via a bruciare tavoli, tavolini portatelefoni, portafiori e altri aggeggi, sempre di legno chiaramente.

Passa qualche giorno. I fuochi improvvisati mangiano tutto. Riducono in cenere tavoli e affini, molto velocemente. La gente a quel punto molla i freni.

«Fanculo» dicono ancora, «si può dormir per terra, i letti non servono.»

Così bruciano letti matrimoniali, singoli, a castello, cassapanche, mensole, madie, scansie, librerie (chi le ha). Tutto quel che contiene un po' di legno, anche la minima fibra, diventa materia da riscaldamento. E come arde! La gente butta al rogo gli oggetti per scaldarsi. Senza alcun rimpianto. Di fronte alla paura di crepare ghiacciati, non esistono rimorsi né remore.

All'inizio in molti qualche dubbio lo avevano. Cercavano di scegliere, selezionare, salvare qualche ricordo.

«No! L'attaccapanni della bisnonna, quello no!»

«La scrivania del trisavolo notaio la teniamo.»

«Sacramento, questa è una libreria del Cinquecento, vale una fortuna, bisogna salvarla.»

Ma il freddo morde con ganasce di pietra. Non dà requie. Senza combustibili sembra eterno. Un giorno diventa un mese. E allora in mona i ricordi della bisnonna:

«Venga qui lei a ghiacciarsi il culo!»

E così pure la scrivania del notaio:

«In fondo era un crumiro, un rompicoglioni, lo si dice ancora in famiglia.»

«Che libreria? Salvarla a far che? E intanto crepare di freddo? Cinquecento o Seicento, via dalle palle, che diventi legna. Alla peggio, se ci salviamo, di librerie ne faranno ancora e così anche di libri, al fuoco pure quelli che tanto non ci salviamo.»

La gente scopre che la letteratura è roba da godere a stomaco pieno, termosifoni caldi e canapè. L'incubo della morte spiana i sentimenti, quelli più astratti sono i primi a sparire. La morte che viene lenta e non fulminea spazza via valori e certezze, per esempio cancella l'affetto dei ricordi, la memoria si trasforma in fastidio. Davanti al pericolo si ragiona cattivo. Senza più carburanti, la gente diventa pratica, fredda, feroce. Fredda come i giorni senza fuoco, feroce come i giorni senza cibo. La testimonianza dei vecchi, padri, nonni, bisnonni, dei loro oggetti tenuti come reliquie, infastidisce. Ora è necessario bruciare quei ricordi senza rispettare avi e bisavi che compaiono ad ammonire. Sono ingrugniti, fanno cenno di no con la mano.

«Che devo tener da conto, nonno? La tua sedia? Va' in malora! Se non mi scaldo crepo!»

Il mondo s'arrabbia. La gente s'accorge che per secoli è stata costretta a onorare e conservare oggetti. Anche se, sotto sotto, non gliene fregava un cazzo, guai a mancare di rispetto al rasoio del bisavolo, alla sedia del nonno, alla panca della zia. E avanti di questo passo.

Adesso, con sul collo la falce della paura, il gelo, la fame e poche speranze di futuro, quelle reliquie diventano zero, cianfrusaglie. Ora c'è da portar fuori la pelle e basta. Il resto non conta. Altro che memorie e cassapanche! Tutto al fuoco per scaldare e cucinare!

Così, con una certa soddisfazione, come liberata da un peso antico, la gente scopre che nel momento del pericolo non c'è niente che abbia precedenza. Solo la vita. Senza il nipote vivo che valore può avere la cassapanca del nonno? È come una mela senza la bocca che la mangia, che ne sente il gusto. E questo vale per la natura intera: boschi, montagne, mari. Tutto quel che c'è di bello o brutto ha valore perché lo vede l'uomo. Se non c'è l'uomo che guarda, adopera, contempla, stima, apprezza, il mondo potrebbe benissimo scomparire.

Così la gente decide di salvarsi, a scapito delle cianfrusaglie, per poter vedere ancora il sorgere dei giorni. Ma non è facile sopravvivere senza gli oggetti che accompagnavano l'uomo da secoli. Peggio ancora, senza quelli che gli tenevano compagnia da trenta, quarant'anni, ma bisogna arrangiarsi.

I primi giorni di quell'inverno infame, quando all'improvviso mancano i combustibili, la gente prima si agita, poi si spaventa, grida e cigola. Alla fine fa silenzio. Comincia a morire.

2

Vita grama

I primi giorni senza le spinte dei combustibili sono tremendi. Nessuno sa ancora quel che avverrà. Altrimenti, di certo nessuno avrebbe definito quei primi giorni come i più duri della propria vita. Ma andiamo con ordine.

Nelle sere di cuccagna, quando c'erano i propulsori, la gente guardava la televisione. Adesso invece quella se ne sta spenta e silenziosa.

Ma non solo. Senza forza elettrica, niente luci, lampade, lampadine, fari, abat-jour. Muti anche gli aggeggi a motore. Sbattiuova, grattaformaggio, pelapatate, forni a microonde, aspirapolvere, scope elettriche, frullatori, tritacarne. Tutto fermo. Torce a batteria, candele e lumini finiscono presto. La gente cerca di comprarne più che può, ma le scorte si esauriscono rapidamente. Se la cava chi ha i pannelli solari, ma si trovano quasi tutti in montagna. In città niente.

Le prime notti sono terribili. Ancora però non s'intuisce il reale pericolo, lo si prende sottogamba, si pensa alla tele che manca. Tutti credono che l'incubo finirà presto. Invece non finisce presto.

Senza televisione la gente diventa matta, non dorme

un secondo. L'umanità tecnologica precipita nell'agitazione. Senza più fonti d'energia l'umanità civilizzata sprofonda nell'angoscia. I popoli primitivi no, quelli non s'accorgono di nulla. Ma in Italia, senza la compagnia di Baudo, Vespa, Santoro, Fiorello e via discorrendo, nessuno dorme più. Come si fa a trascorrere le serate in loro assenza?

Qualcuno propone timidamente di leggere. Finché ci sono candele e torce si può, alla peggio c'è il fuoco. Si può leggere al bagliore delle fiamme. Allora si cerca qualcosa di scritto. Va bene quel che capita. Riviste, giornali, libri, sillabari, elenchi telefonici. Tutto ciò che contiene parole viene arraffato. Si scopre così che nella maggior parte delle case ci sono pochi libri. Si corre nelle biblioteche a far scorta. Si impilano per terra volumi su volumi, giacché scaffali, librerie, scansie, armadi son diventati fuoco. Questo all'inizio. Più tardi, anche i libri finiranno in cenere per superare l'inverno infame.

In quei primi giorni nelle famiglie c'è sempre uno solo che legge, gli altri ascoltano. Non si può leggere tutti, la luce è un bene raro e presto si esaurisce, le notti diventano inchiostro. La gente dorme vestita, intabarrata, con le scarpe ai piedi. Sta sui libri per lo più durante il giorno, alla pallida luce dell'inverno. Ogni tanto spunta un sole debole, come un amore che sta per finire.

Ben presto non si può leggere la sera. Finite candele e torce, il tempo non passa mai. Allora le famiglie riprendono un'usanza che nel tempo lontano era la regola. Cominciano a parlare, a contare storie. Ognuno la sua. Chi non ne sa le inventa. Si parla soprattutto di quel che sta succedendo e del modo per cavarsela.

Chi vive solo, parla da solo, a voce alta. Si racconta

storie per farsi compagnia. Poi si stufa, sente che diventa matto e a quel punto va dalla famiglia di fronte, sul pianerottolo. Non ci parlava da vent'anni, con quelli. Neanche loro con lui. Appena li vede li abbraccia. Loro lo abbracciano, come un figlio tornato dalla guerra. Pericoli e tragedie spianano i contrasti, rendono la gente buona, perdonante. Paura e fame rendono migliori perché nel bisogno è meglio andar d'accordo. Non si sa mai.

Dopo poco comincia a scarseggiare il cibo, magazzini e depositi sono vuoti. Camion, treni, navi, aerei sono fermi. Tutto fermo, niente cibo.

Anche i mobili da fuoco iniziano a essere pochi; arriva il turno dei libri per scaldare la gente. Affinché brucino piano e durino, s'inumidisce la carta. Li bruciano misti al legno. Rapidamente vanno in cenere biblioteche e rivendite. La famosa Mondadori di Milano è un bosco ceduo, da tagliare. Certi intellettuali (non tutti), scrittori pieni di sé, tronfi e superbi, che tenevano odor di supponenza sotto il naso e vantavano librerie da quindicimila volumi, ora li arrostiscono uno alla volta. Senza darne a nessuno e senza alcun rimpianto. Li bruciano con feroce soddisfazione pur di salvarsi: gli si stringe il culo più di tutti, a quelli. Quelli avevano freddo anche quando faceva caldo.

Passano due settimane. Va sempre peggio. Cominciano a morire le persone. I primi decessi avvengono negli ospedali, dove i macchinari sono fermi. A morire per primi quindi sono i malati che hanno bisogno di fiato artificiale per vivere. E intanto i chirurghi non operano, il sangue va a male nelle celle frigorifere.

Sacramento che disastro! Tutto si complica. Molta gente diventa matta, dà in escandescenze, vaga per le città con occhi spiritati. Le strade sono buie, come miniere di carbone. Alcuni si ammazzano per disperazione. Non è facile rimanere di colpo senza comodità. E resistere. Luce, auto, riscaldamento, televisori, computer, frigoriferi, aggeggi, marchingegni, coperte elettriche, ascensori, cellulari eccetera. Quelle robe erano diventate come il mangiare. Senza cibo si crepa e gli uomini, senza il proprio sovrappiù, morivano.

«Ah, Signore benedetto, perché hai mandato questo castigo?»

«Ve lo siete costruito voi» dice il Signore, «non l'ho mandato io.»

Di colpo tutto ciò che era creduto essenziale si rivela inutile. E questa nuova e fatale consapevolezza, unita all'incapacità di fare qualcosa con le mani, dissemina il terrore tra la gente.

Nelle città, i tre quarti di uomini, donne, bambini non sanno accendere il fuoco. Nessuno glielo ha mai insegnato. Per fortuna c'è ancora qualche vecchio che ricorda come si fa e lo insegna ai primi che ha sottomano, e questi lo insegnano ad altri. Si impara così a far fuoco.

Nelle strade è tutto chiuso. Fabbriche, osterie, scuole, discoteche, uffici, negozi. Chiuso con porte aperte. Dentro non c'è rimasto niente.

Di giorno la gente si muove per i vicoli a piedi, in bicicletta. Vagano in cerca di roba da mangiare, per far luce, per scaldarsi. Sulle biciclette hanno montato ceste e pianali per spostare quel che trovano. Chi va a piedi porta in spalla zaini, sacchi, sporte. Se le bici si rompono, amen, si va a piedi. I piedi non si rompono né si consumano. Al massimo fanno male, si spellano, si gonfiano.

Nelle città, dopo qualche giorno, si comincia a scambiarsi il poco che si ha. Dapprima, tutti mangiavano il proprio cibo e tenevano stretto quel che avevano. Ma presto scoprono che le scorte finiscono e rischiano di non aver più niente. Allora decidono di aiutarsi. Per esempio, chi ha delle candele le baratta con chi ha i fiammiferi, chi ha conservato un mezzo salame lo divide con chi ha trovato un po' di pane vecchio, e così via. La gente grida per le piazze quel che vuol scambiare. Tutti s'ingegnano. Le strade diventano mercati. Sia chiaro, solo scambio merce, soldi niente. Quelli non servono più. Poi, quando finiranno tutte le scorte, ci si scambierà il silenzio. Ma andiamo con ordine.

Negli ospedali, chi non è morto è guarito. Chi ce la fa si trascina a casa a morire o guarire. Negli ospizi, i vecchi hanno resistito poco. Sono crepati subito di freddo, fame e stenti. Chi doveva curarli e sostenere la loro tremolante esistenza ha badato a se stesso. Di fronte alla morte, prima vengo io, poi tutto il resto. Questa è la regola non scritta che si manifesta in ogni situazione di pericolo. Quando l'acqua arriva alla gola salta fuori la massima: "Intanto mi salvo io, poi si vedrà". Figuriamoci i vecchi! Chi se ne frega di quattro ossa in croce.

«Crepate pure, rompicoglioni di vecchi, storti e rimbambiti. Siete sempre a brontolare e a pisciarvi addosso. Puzzolenti vecchiacci, crepate pure.»

E così i vecchi muoiono piegando la testa piano, come fiori senz'acqua. Questa malagrazia improvvisa sta liberando il mondo dalla piaga dei vecchi. Ma con loro muoiono anche i neonati, i bambini deboli, i malati.

Ai primi morti si fa il funerale con tanto di preti che brontolano litanie e requiem aeternam. Ma dopo no. I cadaveri aumentano, sono troppi. Iniziano a essere seppelliti dove capita, senza prete e più di uno nello stesso buco. Si scavano a mano le fosse, con badili, picconi, zappe recuperati da imprese, magazzini, ferramenta. Ma non basta, i morti continuano ad aumentare. Allora si decide di bruciarli. Però manca legna per le pire, quella che c'è serve a scaldarsi. Non importa. Si inceneriscono tra le immondizie. Ci si scalda con i morti.

Nel frattempo la situazione continua a peggiorare. Manca tutto e in primo luogo il pane. Anche il companatico ma prima viene il pane. I forni non vanno più, erano tutti elettrici o a gas. Alcuni panettieri tenevano un forno a legna ma non si trova più nulla da bruciarvi. Adesso i fornai impastano a mano e distribuiscono pagnotte crude gratis. Che se ne fanno dei soldi? Cosa si compra?

Si scopre che la pasta cruda è ottima. Quando la fame strizza lo stomaco tutto diventa buono. Quel che non soffoca fa campare. E nessuno ingrassa.

Si tira avanti. Un giorno in più è sempre un giorno guadagnato. Chissà che domani non cambi. Ma sarà difficile. Però si spera. Sempre meno, ma si spera.

L'inverno è ancora fermo, inchiodato alle città. I giorni non passano mai. Sacramento! Fosse almeno primavera, qualcosa si combinerebbe. Con il caldo sarebbe meglio. Perché è venuta d'inverno, questa maledizione?

È passato quasi un mese. Roba ce n'è sempre meno, morti sempre più. Ovunque cadaveri irrigiditi e cadaveri che camminano. Nelle città è la notte, silenzio di piombo. Un tacere che torce le budella. Non circola macchina, moto, motorino, furgone. Nulla. Di giorno solo gente, a piedi o in bicicletta. Uomini con facce coperte da pelle tirata, magre, sembrano teschi non solo per fame e freddo, soprattutto per paura. Con la paura la pelle si tira, diventa trasparente. Le vene fili blu. Sotto si vede l'osso.

Di giorno il silenzio si spezza ed è tutto un chiamare, bestemmiare, brontolare. Colpi di attrezzi scandiscono le ore. Gli uomini trafficano, s'ingegnano, fanno qualcosa per tenere in corpo il vivere. E anche per scaldarsi. Chi non lavora cammina su e giù. I giovani corrono perché il sangue non si geli. I vecchi non ancora morti stanno fermi vicino ai falò.

Nelle vie, nelle piazze, in ogni slargo si fanno fuochi. Si bruciano immondizia e materiali di ogni tipo. Le fiamme fanno puzza, ma scaldano. Si brucia qualsiasi cosa, tocchi di plastica, steccati, insegne. Ogni fibra che arde diventa fiamma. Gli alberi dei viali sono stati tagliati, rasati via. È stato cavato anche il ciocco. E poi piante di giardini, fiori secchi, frasche. Tutto serve a scaldare. Tutto tagliato con manére, segoni, ronche, coltelli. Gli alberi piccoli vengono piegati da torme di persone. Spinti, sradicati, potati con le mani. I rami più grossi si bruciano interi.

A Roma, un sopravvissuto, uno di quelli che si dicevano protettori della natura. continua anche adesso a brontolare, ma solo dopo essersi riempito la pancia. Allora il brontolio dalla pancia sale alla bocca e gli fa dire:

«L'avevamo previsto, noi, che il mondo era in pericolo. Che occorreva risparmiare. Che bisognava inventare macchine a vento, ad acqua, a vino.» Che di qua, che di là. Quelli che tacciono portano pazienza. Poi si stufano e lo prendono a calci in culo. Lo zittiscono. Questo qui diceva di mangiare solo pane e cicoria. Così facendo risparmiava e accumulava. Metteva via un sacco di soldi, ma non sapeva accendere un fuoco. Quando le cose andavano bene, faceva chiacchiere, come i suoi colleghi. Lunghi discorsi intenzionati a proteggere la natura, ma che in realtà non portavano a nulla. E con le mani non sapeva fare niente. Ora deve imparare a coltivarsi la cicoria, prima di mangiarla. Con la fame non si scherza, con il freddo neppure.

A Venezia si brucia tutto quel che galleggia. Barche, motoscafi, chiatte, tutto quel che è di legno, compresi i pali impiantati nell'acqua. Anche quel che è di plastica viene arso. Fa fumo, ma scalda, e comunque morire è peggio. Si risparmiano gondole e barche a vela che vanno avanti senza benzine e gasoli. Con quelle si gira per canali e isole a cercare robe utili per far fuoco. Maledetto inverno che non passa più.

"Quando l'acqua toca el culo, se impara a nodàr" dicono i veneziani.

Non c'è più un colombo, se li son mangiati tutti. Le città di mare bruciano barche e cercano pesci. Chi ancora vive, diventa pescatore.

Per non crepare con il culo gelato, i milionari saccheggiano le loro barche milionarie e le loro ville milionarie per alimentare il fuoco pubblico. A tenere tutto per sé morirebbero, e non possono andare a scaldarsi in piazza a mani vuote. La gente li conosce, specie i poveri si ricordano bene chi sono i ricchi, li riconoscono da lontano.

«Tu, pieno di soldi e superbia, che tiravi dritto e non cagavi nessuno, vieni qua!» dicono. «Vieni qua che facciamo i conti.»

Allora, se porti qualcosa e collabori, puoi ancora cavartela, se no c'è il rischio che usino te come fascina da ardere. I poveri non dimenticano. Non scordano la distanza che i ricchi mantenevano e, se c'è l'occasione, cercano di accorciarla.

Sono giorni delicati. Soprattutto per i boriosi che si credevano Dio per via del loro denaro, e adesso stanno attaccati alla vita con lo sputo. Hanno soldi a carriolate, mattoni d'oro nelle banche, case, palazzi, ville e piscine. E non se ne fanno nulla. Sono pure odiati. Il ricco è sempre odiato dai poveri e invidiato dai pari. In tempi normali, i ricchi se la passavano bene pagando. Compravano tutto con i soldi, anche l'amicizia. Era la cuccagna. Fino al giorno maledetto in cui la cuccagna è finita.

Adesso i ricchi son diventati poveri pieni di soldi. Uno di questi, che non si è ancora reso conto del disastro, crede che i soldi servano a comprare. Si aggira per Milano con una carriola piena di barre d'oro. Fatica, non ha mai spinto carriole. Cerca da mangiare. È pronto a cedere l'oro, carriola compresa, per un po' di cibo. Ma nessuno lo vuole. La gente non sa che farsene dell'oro.

«Mica si può mangiare quella roba» rispondono.

Il ricco-povero prova con un sacco di tela pieno zeppo di banconote. Euro. Mazzette da cinquecento.

«Quelli servono» dicono i poveri. «Servono a scaldare. Li butti sul fuoco e ti scaldi.» Poi aggiungono «I soldi fanno caldo ma durano niente. Come quando li hai, come quando li spendi».

Poveri e barboni, manovali e artigiani, e tutti quelli che nel tempo buono sapevano arrangiarsi con le mani, sono diventati i fari delle città. Si danno da fare, inventano, risolvono, propongono. Più di tutto restano calmi. Quelli che una volta erano benestanti si agitano, hanno il terrore di crepare, fanno casino, urlano, piangono, non hanno coglioni. E si può capire. Abituati ad aver tutto cavando di tasca il portafoglio, adesso sono agnelli senza mamma. Agnelli in mezzo ai lupi. Sotto i denti di condizioni estreme.

I poveri invece sono più forti. Resistono a lungo e muoiono dopo. E sono anche più crudeli. Allenati alla sfiga, invidiosi di chi ha di più, abituati a tirar la cinghia, se gli capita l'occasione sono capaci di tutto.

Quando il mondo rideva e gli affari andavano bene, nessuno dava loro una mano, e quelli campavano come potevano. Masticando pane secco e rabbia tiravano avanti. Così si sono induriti. Dentro e fuori. Hanno la scorza come croda. Adesso che la fine della cuccagna ha messo tutti sullo stesso tavolo, questi qui, che portavano la gerla della miseria, sono i più tosti. E si vendicano, specie all'inizio. Senza esagerare. Solo quel po' che basta per far capire ai ricchi senza cuore cos'è la vita grama. E le umiliazioni. E la vita infame priva di mezzi. Quella dura, disperata, solitaria, trista e piena di merda.

I ricchi, diventati poveri con cataste di tesori in banca, faticano a convincersi che le loro ricchezze non valgono un cazzo. Sperano vivamente che non sia così. O che, alla peggio, duri poco. Invece dura. Come l'inverno. Quando lo capiscono, si sentono perduti, inermi, deboli e nudi. Nudi come vermi. E, come vermi, rischiano di esser tagliati dal badile della fame.

Alcuni poveri poi si sono vendicati pesante. Resi malvagi e spietati dalla miseria, hanno esagerato facendo inginocchiare i ricchi, umiliandoli e ammazzandoli. E se per caso c'era tra loro qualcuno di buon cuore, purtroppo non c'è stata per lui alcuna possibilità di salvezza. Agli occhi dei poveri, i ricchi sono tutti uguali: carogne, crumiri, tirchi e bastardi. E forse è proprio così. Se fossero buoni, sarebbero generosi e quindi non avrebbero tante ricchezze.

Intanto le città sono diventate cimiteri a cielo aperto. Si sotterrano i morti, si bruciano i cadaveri, ma questi aumentano ogni giorno. Si muore nelle case, per le strade, nei palazzi, nei cortili. Rimangono in piedi i più forti, quelli sani, non troppo vecchi. Le donne, e qui sta la sorpresa, resistono quanto gli uomini e di più. E si danno da fare. Dopo i primi disperamenti, diventano tigri. Difendono i loro bambini come mai avevano fatto dai tempi della pietra. Non solo i loro, difendono i bambini di tutti. Basta che ci sia bisogno e le si vede partire come saette.

Tuttavia, nonostante sforzi, cure e attenzioni, l'inverno maledetto uccide prima di tutto bambini e vecchi. Poi è il turno di quelli che facevano corsi di sopravvivenza. I vecchi possono morire, ormai non servono a niente. In quelle condizioni meglio andare in pace all'altro mondo piuttosto che vedere la fine di questo. Perché quell'inverno infame si porta nella gerla la fine del mondo. La fine del mondo storto. Un mondo pieno di roba superflua che, dài e dài, finisce per scoppiare. Un'anguria marcia disfatta dalle scarpe ferrate dell'eccesso. Del di più.

Quell'inverno è da castigo. Non di Dio ma degli uomini. Gli uomini si sono castigati da soli. Hanno cominciato a castigarsi quando hanno smesso di adoperare le mani e di conseguenza anche il cervello. Si sono castrati da soli, non sanno più nemmeno accendere un fuoco.

Si salva la gente di montagna e di campagna, ma non tutta. Solo quella di una certa età. Le ultime generazioni con le mani non sanno fare niente. All'infuori di seghe e computer, non le usano. Per muover le mani s'intende saper fare lavori antichi. Quelli che, cinquanta anni fa, conoscevano tutti. Tagliare legna, spaccarla, accendere il fuoco. Ammazzare una gallina, spennarla, filare la lana, fare a maglia. Eseguire lavori di artigianato. Più importante ancora, coltivare la terra, seminare gli orti, i campi, falciare, seccare il fieno, costruire mulini per macinare la farina. Saper tagliare il bosco al tempo giusto. Oppure conoscere le erbe, quelle per guarire, quelle da mangiare. Riconoscere i funghi buoni da quelli velenosi, le bacche, i frutti selvatici. Insomma lavori così. Invece, di questa cultura salvavita non sa più niente quasi nessuno. Solo qualche vecchio montanaro o contadino di pianura, il resto zero.

Quell'inverno che porta la fine del mondo storto è un inverno di vita grama e morte. La gente, non essendo capace di cavarsela con le mani, né di usare la natura per vivere, incappa nel freddo e nella fame e muore. Amen.

3
Vendette

Come una valanga, dove non ci sono regole né leggi né ordine o discipline, quell'inverno trascina con sé odi e vendette. Rabbie covate per secoli, inchiodate ai muri delle cucine come le foto dei morti, saltano giù di colpo e vanno in cerca. Chi resta vivo si vendica di chi resta vivo. In attesa che crepi, infierisce. Non tutti, sia chiaro, c'è ancora buona gente in giro. Ma chi ha conti in sospeso, denti avvelenati e mancanza di perdono, trova l'occasione che aspettava. Tutti si vendicano del superiore, del potente, del padrone.

Prendiamo gli scrittori, un tempo maltrattati dai critici letterari. Quelli rimasti vivi si rifanno sui critici ancora in circolazione. Anche se, a dir la verità, delle due categorie sono sopravvissuti pochi esemplari. Quella gente lì è morta subito di paura. Non sapeva fare altro che scrivere. E nemmeno più a penna. Ai tempi della cuccagna, gli scrittori buttavano valanghe di storie sulla carta. Romanzi, saggi, persino manuali di sopravvivenza. Ma quando si è trattato di sopravvivere sul serio, sono crepati per primi. Fino a pochi giorni avanti, i critici letterari non risparmiavano un giudizio, e se un autore gli stava sulle palle per qualche motivo, addio. Il critico dichiarava che il libro del tal dei tali era uno schifo. Se aveva la luna storta, la sfogava sullo scrittore di turno. Non se la prendeva quasi mai con quelli potenti e affermati, ma sempre con i poveri diavoli, quelli che mettevano fuori il naso. Così, quell'inverno della morte bianca e nera i critici rimasti vivi pagano il loro mestiere non richiesto a caro prezzo. Come tutti quelli che si erano creati dei nemici, del resto.

In situazioni simili, con città piene di morti, fame, freddo, gente che seguita a crepare, a uno non dovrebbe venire in mente di vendicarsi. Ma l'odio è una brutta bestia. Stenta a morire e ha buona memoria. Allora lo scrittore maltratta il critico, lo insulta, gli sputa in faccia, gli dice bastardo, lo prende a calci. Il critico risponde per le rime, si difende. Ma è lo sfogo di un attimo. Poi entrambi capiscono, e convengono che è meglio andar d'accordo e darsi una mano. Se si vuol restare vivi. Alla fine, si mettono a chiacchierare e scoprono di aver entrambi perso tempo. Quel che hanno prodotto non serve a nulla. Scrivere libri e criticarli non aiuta a campare. La letteratura è affare per stomaci pieni. I due baruffanti si accorgono di essere stati in ugual misura vanitosi. Adesso, con fame e freddo che ingroppano le budella, si rendono conto che quasi tutte le cose fatte prima sono inutili. Oggi, un pezzo di carne cruda, un colombo, un uccello qualsiasi, un sorso d'acqua, diventano vita e tutto il resto non ha importanza.

Inoltre, dopo aver trovato qualcosa da metter sotto i denti, si può star fermi, non fare niente. Non ci sono più orologi, orari, impegni, cartellini da timbrare, superiori a cui obbedire. Niente. Non fosse per il terrore di crepare di fame, si sta quasi bene.

Le banche hanno aperto le loro porte d'acciaio spesse un metro, che conducono a stanze piene d'oro. L'oro è lì che attende con la sua faccia gialla, malata d'itterizia. Faccia falsa. L'oro ha un brutto colore e un brutto muso. Adesso la gente se ne accorge. È brutto, pesa e non serve a niente. Men che meno a far fuoco. Una volta, solo poco tempo prima, quando il mondo era storto e la cuccagna imperava, l'oro era Dio. Adesso è un peso inutile e basta.

I poveri sono contenti di vedere finalmente la morte dell'oro. Quando s'imbattono in un ricco lo prendono per il collo e lo trascinano nelle banche stracolme di lingotti. Lì dentro, in un freddo che spacca le ossa e un'atmosfera da obitorio, gli dicono di mangiare. Il ricco domanda cosa, e quelli gli indicano l'oro. Quanto ne vuole. E allora il ricco capisce tante cose. E non apre bocca. Si ricorda di quando andava nei ristoranti a mangiar bene. Gli torna in mente tutta la roba che i camerieri buttavano via. Cibo di prima scelta che lui, troppo pasciuto, rifiutava. Al ricordo di quel tempo scomparso, il ricco si mette a piangere.

Intanto i giorni vanno avanti e portano vendette cattive. Delinquenti se la prendono con quelli che erano poliziotti e li avevano inseguiti. Carcerati cercano giudici per fargliela pagare. Non è necessario che siano proprio gli stessi che li avevano condannati. Basta che siano giudici. Adesso non c'è più la maledetta legge, si può fare come si vuole. Le galere, e le banche, sono state aperte. I carcerati sono usciti al galoppo, come cavalli dai recinti. Cercano vendetta. Ma in giro non ci sono più tanti tutori della legge. E nemmeno troppi delinquenti. Tre quarti sono già mor ti. Quelli che restano si maltrattano a vicenda, poi la smettono. Criminali di ogni tipo scoprono che a lasciar vivi i propri nemici quelli tribolano di più. Il terrore vortica nelle loro teste. Se li lasci vivi, lo spettro della fame, del freddo e della morte li insegue senza sosta. La paura di esser maltrattati li terrorizza.

Anche i politici hanno vita dura. I pochi rimasti pagano dazio più di tutti, perché sono senza dubbio quelli che hanno calpestato il mondo più di ogni altro. Il giudice subisce l'odio del condannato. Il ricco l'invidia del povero. Il critico il disprezzo dello scrittore. I politici, invece, si trovano addosso la rabbia del popolo.

I primi giorni per le strade, assieme alla frenesia corrono odio e rancore. Appena spunta sulle piazze un naso politico, insulti e male parole. E qualche calcio in culo. La gente dà la colpa ai parlamentari di quel che è successo. E quelli cercano scuse. Giurano di aver fatto il possibile per migliorare le condizioni di vita. Dicono di aver costruito strade, ponti, ferrovie, aggiustato città. I superstiti urlano che la vita non è mari, montagne, pianure e monumenti. E neanche strade, ferrovie e ponti. La vita è la gente. La vita sono quelli crepati e quelli che stanno crepando. Bisognava migliorare la vita. E, urlano, i politici non hanno fatto un cazzo. Se hanno fatto qualcosa l'han fatto per se stessi. Per gloria e conto in banca. E pensioni da nababbi. Così pensano i rimasti vivi, prevedendo giorni orrendi e aspettando quel che succederà.

Il tempo passa. La fame stringe, il freddo morde, la vita scappa, la morte insegue. Si verificano episodi di cannibalismo, ma di questo si dirà più avanti.

A metà inverno arriva il momento più duro. La situazione è spaventosa. Sotto l'ombra della morte, i sopravvissuti si uniscono per far fronte alla catastrofe. Non c'è tempo per odio e vendette. Chi li ha messi in atto si sente un coglione. Non era il caso. Ma lo capisce dopo, come sempre.

La fine dei combustibili ha schiarito le idee a tutti. Il pericolo ha pulito i superstiti, li ha lavati dalle incrostazioni, ha tolto loro i sentimenti meschini. Ma anche quelli nobili e belli come l'amore. In quei giorni di morte, non c'è voglia né tempo di amare. Né di essere amati. Lo sforzo teso a schivare la morte basta e avanza. Come l'arte, anche l'amore è roba per stomaci pieni. Nel fosco incubo dei giorni peggiori, quell'inverno da fine del mondo salva due valori: amicizia e solidarietà. Il terrore costringe all'amicizia e alla solidarietà. I rimasti vivi devono per forza essere solidali tra loro. Altrimenti crepano. La storia si ripete: si è amici solo per paura e tornaconto.

4
Montagna e campagna

Nei paesi di montagna, la situazione è meno tragica Anche in quelle zone ci sono morti. Sono caduti prima i vecchi e i bambini, come al solito. Lassù però, nonostante il progresso, si è salvata una memoria. Quella degli attrezzi e delle cose antiche. Le soffitte sono piene di arnesi da lavoro, in alcuni è rimasta la capacità di adoperarli. Quella sapienza che durava da secoli, passata da nonno a padre, da padre a figlio. Anche se negli ultimi anni le cose sono un po' cambiate. I giovani montanari vanno all'università per diventare architetti, ingegneri, medici. O quel che vogliono. Non sono più capaci di far legna, andare a caccia, tirar su un orto. L'hanno visto fare dal padre e dal nonno, ma non hanno imparato. Nessuno glielo ha insegnato. I genitori li volevano laureati.

In ogni caso, nonostante questa perdita di sapere pratico, nei paesi di montagna è più facile sopravvivere. Innanzitutto c'è la legna. In montagna tutti hanno cataste di legna per l'inverno. Anche quelli che bruciavano gasolio tenevano da parte scorte di tronchi da stufa e fornello. Metti che finisca il gasolio con cosa scaldi? La legna non finisce mai. Il montanaro non è stato così ingenuo da abdicare. Quelli che si erano fatti la casa nuova, prima di tutto avevano preteso le canne fumarie. Minimo tre, una da gasolio e due da legna. Architetti e ingegneri non erano d'accordo. Volevano un solo camino, quello del bruciatore. Pensavano che il gasolio fosse sufficiente e che non sarebbe finito mai. Invece tutto finisce. Anche il petrolio. I montanari avevano preso per il bavero ingegneri e architetti e, soffiando loro sul muso bestemmie e minacce, avevano preteso come minimo due camini da legna. Allora quelli ne avevano progettati tre. Queste cose capitavano negli anni di vacche grasse, per non dire obese.

Un tempo, prima di alzare i muri si costruiva il camino. E dopo, attorno al camino, cresceva la casa. I sassi si raccoglievano uno sull'altro come pulcini intorno alla chioccia. Il fuoco era tutto. Ti scaldava, faceva da mangiare e teneva compagnia.

Quell'inverno della morte bianca e nera, la prima cosa che manca nelle città è il calore. Il calore del fuoco, la sua compagnia. In montagna non è così. Gli uomini mettono mano alle motoseghe, e quando la miscela finisce allora via di manére, ronche e segoni. Le montagne sono circondate da boschi, il legno non manca. Lassù, anche le donne, quelle di una certa età, sono capaci di maneggiare la scure, di lavorare con le mani.

Una volta, infatti, monti e campagne fornivano al mondo manovalanza di braccia forti e semplici. Montanari e campagnoli hanno fatto i servi a tutti, erano quelli più maltrattati e offesi. I peggio lavori del mondo toccava farli a loro. E se crepavano, amen. Come oggi gli extracomunitari.

Adesso i giovani di quelle parti studiano e si mettono alla pari con i coetanei di città. Solo che per troppo studiare non sanno più adoperare le mani. Genitori, parenti, nonni e nonne, zii hanno sempre detto loro che bisogna studiare, per non fare più i servi degli altri. Ma non gli hanno spiegato che al passo dello studio bisogna accompagnare il passo delle mani.

È stato questo lo sbaglio, credere che le mani non servissero più, invece adesso servirebbero eccome.

In montagna si riesce ad andare a caccia. Selvaggina di ogni tipo viene tirata giù a pallini o a palla. Camosci, caprioli, cervi, galli forcelli, pernici bianche, francolini. E persino volpi, martore. Fa freddo, la carne si conserva anche senza frigoriferi e congelatori. Per l'estate si pensa di fumicarla. Come una volta, quando non c'era tecnologia.

Ma, dopo un po', le cartucce finiscono. Le fabbriche sono ferme, non ne producono più. L'inverno è ancora lungo, sembra non terminare mai. A quel punto, senza munizioni, fucili e schioppi diventano ferraglia da buttare, come una manéra senza manico. Ma una manéra, un badile, un piccone senza manico si possono ancora usare. Anche un coltello senza manico funziona. Tribolando un poco, con attrezzi mutilati si può lavorare. Con schioppi e fucili no. I montanari, allora, bruciano i calci inservibili. Con le canne fanno soffietti per alzare il fuoco. I vecchi bracconieri ricordano bene come si costruiscono le trappole. Una volta sui monti erano tutti contadini e cacciatori, così come erano artigiani tuttofare.

Fino ai primi anni del secolo scorso, sulle montagne non c'era niente. Né corrente, né carbone, né gasolio. Gli inverni duravano sette mesi e chiudevano la gente nei paesi come api negli alveari. O moscerini dentro le bottiglie. Non esistevano strade né macchine. C'erano solo sentieri che correvano a piombo sui precipizi. La gente si arrangiava. Dalla natura aveva tutto e non gli serviva nient'altro. Andavano avanti a candele di cera, sego, lucine di resina fusa. E torce di alum, rami resinati ridotti in stecchetti sottili. Avevano in deposito sacchi di farina, forme di formaggio, patate, fagioli, selvaggina, carni salate e fumicate. Tenevano il maiale appeso in salami sotto il soffitto. Noci e nocciole nelle madie. Funghi seccati, erbe seccate, frutti seccati. Il burro, fuso e fatto bollire, dormiva in grossi vasi di marmo, spessi quattro dita. Là dentro durava almeno un anno. Dopo la bollitura non era più burro, ma diventava "ont", una pasta color rame dal sapore squisito. Le donne filavano la lana per calze, maglioni, mutande lunghe.

A quel punto poteva nevicare, la gente era pronta. E nevicava. Metri. I paesi venivano sepolti di bianco e così restavano fino a primavera. L'unico pericolo era se qualcuno si ammalava gravemente, o se capitava un parto difficile. Allora, i colpiti o guarivano da soli o crepavano. Di solito ai malati si dava un bricco di vino caldo e zucchero. Di solito crepavano. Era la legge della natura, chi resiste rimane, chi molla se ne va. Ma chi restava faceva la scorza, aveva addosso il callo del vivere.

Ora che il mondo è senza carburanti le antiche pratiche di sopravvivenza tornano fuori come martore dalle tane. I vecchi rimasti insegnano a costruire trappole per catturare animali e uccelli. Piegando la cima a un giovane albero e infilando al modo giusto un pezzo di cordino, si prendono caprioli e camosci. Ci finiscono dentro con la testa, l'albero si drizza e restano impiccati. Con cordini d'acciaio di un certo diametro, come quelli che tirano i freni delle biciclette, si prendono cerbiatti, camosci e lepri bianche. Per roba grossa, tipo cervi, si disfano i cavi delle teleferiche tenendo solo i fili abbastanza spessi e l'anima.

Per catturare gli uccelli ci vorrebbe il vischio ma non ce n'è. Una volta ogni casa aveva il suo barattolo di vischio da uccellare. Allora si ritorna agli archetti. Fissato lo spago da un capo all'altro dell'archetto lo si tendeva lasciando un'asola aperta sullo stecco di sostegno detto chiavetta. Gli uccellini, posandosi sulla chiavetta, la facevano cedere, l'archetto scattava e l'asola di spago li imprigionava per le zampe.

Quell'inverno della morte bianca e nera, in montagna si mangia carne tirando avanti. Si cattura e si cucina di tutto. Anche animali che prima non si pensava nemmeno a cacciare. Tipo martore e volpi. Chi ha le vacche le deve diminuire. Da trenta le riduce a tre, da quaranta a quattro. Come una volta, quando si tenevano solo quelle per campare. Chi ne aveva quaranta o settecento, era solo per far soldi. Adesso che i soldi non servono più tutti ne tengono due o tre per il latte e i formaggi. Le altre le mangiano regalando qualche pezzo ai vicini, che danno in cambio quello che riescono.

Dentro le mughe, sotto la neve, vanno a dormire i galli forcelli. Fanno un buco e vi si infilano. Fuori dalle tane i sopravvissuti mettono i lacci e li catturano. Una volta li imbalsamavano. Adesso li mangiano. Ai tempi grassi si diceva che il gallo forcello a mangiarlo, sa di muga. Ora è diventato squisito. Mai sapore di muga fu più appetitoso. Così per il cedrone che può pesare anche otto chili.

Nell'inverno della paura, diventa tutto buono. Delle bestie si mangiano persino le budella. Non si butta via niente, neanche le unghie. Con le piume degli uccelli si riempiono sacchi per imbottire giacche da star caldi. O cuscini o coperte. Legna ce n'è finché si vuole, fuoco anche, ma è meglio non rischiare. La piuma tiene caldo, è da matti buttarla via.

I montanari vanno in cerca di scorze di abete bianco, perché dentro hanno bolle di liquido oleoso, color acqua, che guarisce i raffreddamenti. Si chiama lagrimo. Da anni non lo usavano più. Anche i montanari correvano in farmacia a prender medicine già pronte. Adesso le farmacie sono vuote, bisogna cercare erbe e alberi. Erbe con il gelo non ce ne sono, ma alberi sì. Facendo bollire punte di mughe, vien fuori uno sciroppo che guarisce la tosse. Anche la bronchite e altri malanni.

Con le pelli degli animali catturati si confezionano giacche e braghe da star caldi. La pelle si mette per dentro, non fuori a farla vedere. Bisogna dire che i sopravvissuti hanno da vestire finché si vuole. Hanno giacche di piumino e guanti di pile. Ma l'istinto di non buttare via è tornato. Camosci, caprioli, volpi, martore, cervi, diventano vestiti e coperte, oltre che cibo.

Si va lungo i torrenti a pigliar trote. L'acqua è ghiacciata ma, spaccando i fossi con la mazza, dentro si trovano trote in abbondanza. Si infilzano usando le forche a mo' di fiocine. O deviando l'acqua con il piccone e lasciando i pesci a secco.

Nelle campagne è come in montagna. I contadini rimasti vivi si danno da fare. Ritrovano o riesumano sapienza e attrezzi di un tempo. Fanno fuoco con i pioppi che prima della disfatta vendevano per far soldi. Chi ha allevamenti di maiali, vacche, galline, anatre, oche, cavalli e via dicendo riduce i capi a cinque, sei, giusto quel che basta per scamparla.

Nei campi infreddoliti non c'è più una canna, una frasca, uno stecco. Tutto raccolto per bruciarlo e scaldarsi. Le siepi, fino allora incolte e abbandonate, sembrano fiori. Fiori in pieno inverno. Per far legna, i contadini le hanno potate, pulite, sfoltite, tagliate. Senza distruggerle. Devono servire ancora, non si sa quanto durerà il castigo. Per potare hanno usato ronche, manére, cesoie. Tutto quel che c'era nelle case, persino forbici e taglierini, serve a lavorare.

Nei campi, anche le loppe, le erbe secche rimaste incolte, vengono strappate rasoterra. Brucate una per una con le mani e usate per il fuoco. Sono piene di brina ma, sulle fiamme, la brina si scongela e le loppe bruciano bene. Durano un batter di ciglia, però scaldano. A volte basta un batter di ciglia per non congelare.

Erano anni che le campagne non brillavano così pulite e limpide. Sembrano lavate di fresco, con acqua e sapone.

I contadini seccano il letame dei depositi per alimentare il fuoco. Montagne di sterco diventano combustibile. Lo mettono accanto ai fuochi a tostarlo. Appena secco, brucia che è un piacere. In campagna scarseggia la legna, ma i contadini rimasti se la cavano.

In città, per resistere, si fanno peccati impensabili ai tempi dell'abbondanza. Si gettano ad ardere perfino gli oggetti sacri di chiese, cattedrali, conventi, seminari. All'inizio si attentava solo all'arredamento: banchi, confessionali, balaustre, cantorie, organi, armonium, sedie, cassapanche. Ma le statue no, quelle nelle prime settimane erano state lasciate in pace.

«Siete pazzi? Bruciare i santi mai!»

Ma l'inverno tiene colpo e non apre di un millimetro le ganasce di pietra. E siccome manca tutto, è diventato interminabile. Pare inchiodato alla terra e non fa un passo verso la buona stagione. Allora arriva il turno dei santi. Il terrore di crepare nel gelo rende cinici i superstiti. Soprattutto i credenti. Si comincia a far fuoco con le statue. Martiri di legno, alti una spanna o due metri, diventano cenere. E poi angeli, madonne, presepi. I credenti sono veloci a gettare le immagini sacre tra le fiamme.

Per ultimo tocca al Cristo crocefisso. Quello ha fatto tremare più di una mano. Nessuno voleva essere il primo a dare fuoco alla croce. Ma di fronte alla morte, una morte in piena salute, di fronte alla fortuna di essere ancora vivi quando il mondo è un cimitero nemmeno il crocefisso trova scampo. Brucia pure lui. Tutti i crocefissi di legno finiscono in cenere. Prima di buttarli sui falò i credenti si segnano chiedendo perdono. Poi li ardono e tirano avanti.

L'inverno pare fermo, ma piano piano i giorni passano. Uno alla volta, in fila indiana, vanno verso il caldo. La faccenda, però, è ancora lunga. Tutto sembra rallentato. Nelle difficoltà estreme il tempo cambia passo, diventa lento. Un conto è trascorrere cinque ore con una bella donna, un conto è stare cinque ore aggrappati a uno strapiombo con il rischio di volar giù ogni secondo. E nessuno che appaia sul bordo a porgerti la mano. In quei momenti il tempo si ferma. Un'ora diventano dieci ore, un giorno un anno. E così quell'inverno sono dieci inverni accatastati uno sull'altro.

In città i bambini rimasti hanno bisogno di latte. Mancano di tutto, ma prima viene il latte. Mamme e papà volontari vanno a piedi o in bicicletta fino alle campagne in cerca di latte. Ma intanto i neonati muoiono. Le mamme denutrite hanno mammelle secche. Tante muoiono di parto. In campagna, contadini previdenti si trovano con depositi colmi di fieno e possono nutrire le vacche, ora che le hanno ridotte di numero. Un po' di latte si trova, però non basta. I neonati si spengono e dietro di loro i vecchi. Diventano deboli, inermi, inconsapevoli. Non sanno muoversi bene, arrangiarsi, mangiare da soli, lavarsi, andare a letto. I bambini uguale. I bambini sono vec chi, i vecchi sono bambini. E crepano tutti insieme.

Nel mondo i morti sono milioni. Nei continenti dove c'è l'estate e fa caldo, arrivano epidemie a far fuori la gente. Non si fa in tempo a bruciare tutti i morti. I cadaveri imputridiscono, creano malattie. Dove c'è freddo almeno quel guaio è evitato. Il gelo conserva i corpi, si possono bruciare come tocchi di legno. I morti son diventati tutto: legna, cibo, coperte. Si spogliano i cadaveri, i vestiti servono. Anche a far fuoco. Si bruciano gli abiti dei morti.

Nelle città c'è un silenzio che intorce le budella. I mezzi a ruote sono stati spinti fuori da garage, piazze, vie, spellati e scarnificati di tutto quel che poteva ardere.

Per terra non c'è un grammo d'immondizia, neanche un filo. Non ci sono più cani, gatti, topi, pantegane. Niente. Tutto mangiato o adoperato contro il freddo. Per sopravvivere si è raccolto e usato fino all'ultimo turacciolo. Quel che non serve al corpo e arde alimenta i falò. Le fiamme alzano veleni nell'aria ma piuttosto che morire meglio aria cattiva. Tanto, peggio di così non può essere.

I superstiti hanno perso tutti i vizi. Loro malgrado. Chi fumava ha smesso, non ci sono più sigarette, neanche cicche. Con i filtri si imbottiscono cuscini per isolare il culo dall'asfalto. Vino niente, liquori zero, finito tutto e nessuno ne produce. Rimane di far l'amore ma non è il caso. Né si ha voglia. Qualcuno pensa che, se resta vivo, sarà meglio tornare a inginocchiarsi sulla terra e coltivarla. Ma per farlo occorre che passi l'inverno e quello proprio non passa. E non perdona.

A dir la verità, non è un inverno peggiore di quelli dei secoli passati. Ma la gente senza carburanti non ha più le comodità sottomano, e men che meno sa cavarsela. Per questo un inverno normale diventa una falce che taglia in due la gente. E taglia tutto il pianeta, anche là dove il giro dellaTerra fa sì che ci sia l'estate.

Non tutti però crepano, e la voce che in montagna va un po' meglio cade sulle città come pioggia sui campi assetati. Qualcuno parte a piedi per raggiungere i monti. In campagna lo stesso, arriva gente dalle zone morte dei capoluoghi. Si tratta di poche persone. Più che altro uomini stremati che vogliono resistere.

«Bisogna usar le mani» insegnano montanari e campagnoli, «se arriviamo vivi a primavera e ci rimane un po' di forza occorre partire da zero, come principiare il mondo.»

È ancora inverno, però. I cacciatori sui monti inventano sistemi mai visti per procurarsi la carne. Con ciaspe e badili si recano in alto, sui valloni ripidi carichi di neve dove, alla base, ci sono branchi di camosci. Da lassù muovono valanghe che travolgono le bestie. Non tutte si fanno prendere dalla trappola ma parecchie vi restano dentro. Gli uomini poi si calano in basso a sbadilare il muso delle valanghe per cavare fuori i camosci morti. Se non li trovano prima del buio, rimandano, la neve li tiene freschi così non c'è pericolo che vadano a male.

Si battono soffitte, fienili, intercapedini di stalle per trovare bestie in letargo come i ghiri. I ghiri fritti sono molto saporiti, hanno la carne un po' salata, come quella delle vipere. Si catturano uccelli con i tamai, archetti d'acciaio a molla sistemati sulla neve delle radure. I montanari ne hanno recuperati alcuni dalle soffitte, ma sono pochi. Gli artigiani rimasti ne costruiscono di nuovi. Dapprima li copiano, ché non ricordano tutti i passaggi. Poi insegnano a costruirli agli altri. Anche quelli che non sapevano adoperare le mani imparano subito, "di necessità virtù" dice il proverbio. Si mangiano perfino gracchi e cornacchie prendendoli con archetti più grandi.

Ai tempi dell'abbondanza, mai si erano mangiati quegli uccellacci neri e brutti, duri come il corame, nemmeno in tempo di guerra. Adesso tornano utili pure loro. Dopo spellati, si battono con un legno o un sasso fino a ridurli molli e frollati. Poi si arrostiscono o si fanno bollire, e il boccone è pronto. La carne rimane un po' dura, ma meglio un corvo in più che un pasto in meno.

Volpi e martore subiscono la stessa sorte. Si cacciano e si mangiano pure loro, ma è difficile prenderle. Senza cartucce, specie la "bolp", la volpe, non si fa mettere il sale sulla coda. Una volta si prendeva con i bocconi avvelenati, ma solo per vendere la pelle. Raro che si mangiassero volpe o martora. Adesso si catturano con lacci d'acciaio cavati da fili di teleferiche o freni di biciclette. Ma ci vuol pazienza, la volpe stenta a mettere il collo nel laccio. Per fortuna ci sono i cervi, quelli sono più tonti e danno carne a chili. Un bel cervo viene a pesare fino a un quintale e ottanta.

Bisogna vedere come divorano pezzi di animali quelli che, ai tempi della cuccagna, si spacciavano vegetariani. Se gli capitano stinchi o coste succhiano le ossa per cavarne il midollo, come suonassero flauti traversi.

Nelle città la situazione è mille volte più drammatica. I superstiti non hanno da mangiare e non sanno come trovarne. Qualcosa riescono a racimolare ma non basta mai. Allora decidono di mangiare i morti. Specie quelli giovani, bambini e neonati. A fare i cannibali per primi cominciano i ricchi, quelli che anche con l'oro in banca e i palazzi ora sono poveri. L'idea di esser ricchi non li abbandona, per questo non si rassegnano a morire.

«Noi» dicono «siamo ricchi, non possiamo crepare come un povero qualunque.»

Questo dicono i milionari rimasti vivi, prima di mettersi a bollire i morti per tirare avanti. Loro sono stati lesti a mangiare carne umana. Ma non gli unici. Anche i poveri alla fine diventano cannibali. Dapprima non sopportavano nemmeno l'idea di tale mostruosità. Era una cosa da spavento solo pensarla ma, di fronte alla morte per fame, mollano i freni e fanno cuocere cadaveri. I morti non mancano e quelli rimasti vivi, chi prima chi dopo, mangiano carne umana.

Per scaldarsi, nelle città dove non rimane quasi più nulla da ardere, sono state cavate una per una le traversine delle rotaie. Puzzano di catramina, ma ardono che è un piacere.

Le strade ormai sono vuote, scure, sembrano miniere. Su tutto domina il pallido grigiore dell'inverno. Notte e giorno ardono i falò, l'unica luce che ancora parla di vita. Le vetrine, che un tempo contenevano ogni bendidio, sono state spaccate, svuotate di tutto quel che c'era da mangiare o da vestire. Nelle boutique, i tagli di alta moda non esistono più, sono stati bruciati per scaldare, visto che da indossare erano scomodi, per non dire impossibili. I musei hanno subito saccheggi, distruzione, furti. Quel che era di legno è stato preso e bruciato nella corsa al riscaldamento. Tutto, tranne gli attrezzi da lavoro.

«Quelli no» hanno detto i contadini. «Torneranno buoni a primavera, se siamo ancora vivi.»

Gallerie d'arte, pinacoteche, fondazioni, cattedrali, chiese, capitelli, magazzini, casinò, palazzi, sono stati svuotati, depredati, lasciati nudi per un solo scopo: sopravvivere. Quadri di Michelangelo, Tiziano, Caravaggio, alimentano i fuochi di sopravvivenza. Non gli frega niente, ai superstiti, se quello che arde è un Caravaggio. E nel bruciarlo non hanno alcun rimpianto.

Il crollo totale del mondo storto dà valore e senso alle cose che davvero hanno valore e senso: quelle essenziali a campare. A stomaco pieno i Michelangelo, i Caravaggio, i Tiziano e altri milioni di tesori avevano valore. Ora non più. Nessuna arte adesso ha valore, anzi, fa rabbia pensare che l'abbia avuto. L'ecatombe del pianeta moderno tira fuori una verità nascosta da secoli: le cose di valore sono assai poche. Un fuoco, un pasto al giorno, un po' d'acqua e una coperta. Questa è la verità, e i sopravvissuti lo capiscono.

A dirla tutta, all'inizio della faccenda qualche professore rimasto in piedi piangeva e sbraitava. Veder bruciare Caravaggi e Tiziani e libri e statue lo faceva morire prima dell'ora. Ma quando l'ora sta per giungere sul serio, anche lui non ci pensa due volte a scaldarsi con le opere d'arte. La morte è la morte: per allontanarla, anche di un solo giorno, si arriva a tutto.

Pian piano, i superstiti delle città vanno verso i monti e le campagne, dove sembra essere più facile sopravvivere. I rimasti vivi di quelle parti però dapprima non gli danno niente, li cacciano via. Hanno paura che non vi sia roba per tutti. Poi si mettono d'accordo. Fanno promettere a quelli di città che, appena viene la bella stagione, si inginocchieranno sulla terra a coltivarla assieme a loro.

«Tutti insieme potremo farcela. Uniti è meglio» dicono i montanari ai cittadini. «Se imparate le quattro tecniche che servono a seminare, ce la caveremo. Ormai siamo a febbraio.»

Altrettanto dicono i contadini agli sbandati che arrivano nelle campagne.

«Bisogna unirsi e coltivare.»

Intanto i giorni passano, si allungano, la luce dura di più. Uno alla volta, uno dopo l'altro, lenti come il ghiaccio che si scioglie, i giorni chiamano la primavera. Ma i morti chiamano ancora morti.

5

Riflessioni

Ci sono persone sfinite che non stanno più in piedi. Bene o male, in un modo o nell'altro, con un po' di fortuna, hanno tirato avanti per tre mesi, ma adesso sono allo stremo e cadono in silenzio.

«Peccato» dicono i più forti, «proprio ora che stavamo uscendo dal peggio.»

Ma dal peggio non si è fuori. Manca da mangiare, la terra è indurita, non può dar frutti subito. Allora i superstiti continuano a cibarsi di morti. Come cani affamati che azzannano l'osso, loro azzannano i morti. Li divorano in silenzio, e mai guardandosi in faccia. La carne umana va mangiata a testa bassa. Quando viene il voltastomaco si guarda da un'altra parte e si vomita.

La mancanza di cibo rende bestie. È stata divorata ogni forma di vita. Cani, gatti, criceti, canarini, tartarughe, tutti gli animali da compagnia sono finiti arrosto o bolliti. Più che altro bolliti, così resta il brodo, da bere caldo. Non ci sono più pantegane nelle fogne, né topi, né pipistrelli. Niente di niente. Tutto catturato, divorato e digerito.

I primi a esser mangiati sono stati gli animali dei giardini zoologici e dei circhi equestri. Poi è toccato agli animali d'allevamento, da pelliccia, piumino, cavie per ospedali e istituti di ricerca. Tutto in pancia ai sopravvissuti. Però non sarebbe stato sufficiente. Se i superstiti non si fossero decisi a mangiar carne umana, l'inverno che ha portato la fine del mondo storto non avrebbe risparmiato nessuno. Ma era destino che qualcuno restasse. Restasse a vedere, a rendersi conto di quel che l'uomo aveva combinato alla Terra. E a mordersi le mani per la ricchezza semplice ed essenziale persa per strada, a favore di una ricchezza insensata, complicata e superflua. Tutto senza nemmeno accorgersene. Se qualcuno se ne accorgeva, faceva finta di niente. Adesso tutti se ne rendono conto, eccome.

Nelle città del Suditalia, per esempio, i superstiti ricordano le tonnellate di arance schiacciate dalle ruspe per non sfalsare le leggi di mercato. O nelle città del Nord dove erano pere e mele a tonnellate a finire sotto i cingoli. Averla adesso una mela o un'arancia. Dio benedetto, regalaci una mela!

«Ah, quanto eravamo fortunati e non lo sapevamo! Quanto eravamo stupidi e non lo sapevamo» sospirano i sopravvissuti. Intanto ricordano sagre, feste, inaugurazioni, banchetti, pranzi di nozze, cene di classe, pranzi di fabbrica, abbuffate pantagrueliche, convivi dove la roba da mangiare avanzava a carriole. E veniva buttata nella spazzatura. Ricordano i barboni che rovistavano nei cassonetti per raccattare cose buone che erano state gettate via. Adesso sono morti anche loro. E i vivi, quelli rimasti, spazzini e re, industriali e miserabili, finanzieri ed evasori, sono tutti barboni. Ma nei bidoni non trovano niente. Non trovano neanche i bidoni. Quelli di plastica sono stati bruciati. Quelli di ferro, girati pancia in su, fan da riparo a qualcuno.

I sopravvissuti ripensano a quando si recavano a fare la spesa in supermercati grandi come aeroporti. Dentro quei paradisi colmi di ogni squisitezza, torme di formiche umane spingevano carrelli carichi di tutto il desiderabile. Processioni di golosi frastornati che non sapevano più cosa acquistare. I rimasti in piedi ora ricordano anche la povera gente in fila ai mercati di frutta e verdura per farsi dare gli avanzi o la roba di terza scelta sdegnosamente rifiutata dai ricchi. I poveri compravano quella perché avevano pochi spiccioli e dovevano sparagnarli. Una volta cucinati a dovere, quegli ortaggi di terza categoria sono buoni tanto quelli di prima. Un carciofo come una noce ha lo stesso sapore di uno grosso quanto una mela. I poveri hanno fame, non gola. E hanno fantasia. Nella pignatta riescono a far buone le cose più umili.

Adesso sono tutti poveri. La fine del mondo storto ha pareggiato i conti. I rimasti vivi sono uguali, livellati allo stesso modo. I poveri, all'inizio del disastro, erano avvantaggiati. Abituati a privazioni di ogni tipo se la cavavano meglio. Ma i ricchi si sono adattati immediatamente. Quelli che non sono crepati hanno tirato fuori l'istinto della bestia.

Ci sono dei ricchi, sopravvissuti all'inverno, che hanno più coglioni dei poveri. Questi, quando lo scoprono, ci restano male. Credevano di essere gli unici depositari di forza, capacità e resistenza. Invece, nelle grandi difficoltà, sotto l'ombra della morte, tutti gli uomini tornano istintivi. Difendono con i denti la vita, fino all'osso. E si adattano a ogni patimento.

Nei giorni tremendi della morte bianca e nera, i ricchi neanche si ricordano di essere stati ricchi. Forse non vogliono ricordare. Ricordare per fare che? Ma ogni tanto la ricchezza torna loro in mente, senza volerlo. A quel punto si disperano. Nello sconforto (che però dura un attimo), si rendono conto che ai tempi d'oro esageravano, avevano troppo, consumavano di tutto, si annoiavano, diventavano sprezzanti. Adesso che devono inventarsi la vita minuto per minuto, non hanno tempo di annoiarsi.

È un'esistenza nuova, sconosciuta, a rischio. Per certi versi interessante. I ricchi rimasti scoprono di esser meglio di quello che pensavano. Nella lotta con la morte sono diventati umili, pazienti, operosi, inventivi, fantasiosi. Si riappropriano della dignità perduta, tirano fuori il loro vero carattere, la personalità autentica. Prima, quando le cose andavano bene, recitavano la parte, si atteggiavano. La società che frequentavano, il mondo che li circondava, esigeva falsità continua. Sulle barche milionarie, organizzavano feste milionarie, si strizzavano l'occhio, si davano pacche sulle spalle. Salvo poi, girato l'angolo, piantarsi il pugnale alla schiena.

Ma non solo tra i ricchi imperava il tradimento. Anche nel regno dei poveri, dei medio benestanti, dei normali, di quelli, per intenderci, con una paga dignitosa. Succedeva nelle fabbriche, sui cantieri, nelle banche, nelle scuole, nei borghi, nei paesi, nelle città, nelle metropoli. Nel mondo intero c'erano ruffianismi e tradimenti. La guerra sotterranea e tutto quel che c'era di negativo dominava gli uomini. Perfino i barboni facevano baruffa tra di loro per un posto a dormire o un tozzo di pane. Anche loro, bene o male, alla sera avevano lo stomaco pieno e quindi potevano permettersi il lusso di litigare. Adesso no, se si vuol campare, niente risse né colpi bassi.

All'inizio del casino, le risse c'erano eccome. Ci sono state vendette e azioni infami. Solo perché ancora non s'intuiva la portata del disastro. Una volta fiutato il pericolo, quando i morti hanno cominciato a intasare strade, case e palazzi, e la fame ha torto le budella, e il buio indurito le notti più dell'inverno, le baruffe sono cessate. Per resistere tutti hanno capito che occorre andar d'accordo, stare uniti. Tenersi stretti come i ciottoli delle vie, o i sampietrini delle piazze. O i sassi degli acciottolati di montagna, che se ne cavi uno si disfa l'intera via.

Fame, freddo e terrore della morte uniscono i superstiti. Li uniscono perché, anche se si trovano in condizioni disperate, sono comunque liberi, non vi sono torturatori e assassini a farli fuori come nei campi di sterminio. In quella tragedia gli uomini non si potevano unire. Salvo rari casi, ognuno se la vedeva per proprio conto. In quei posti orrendi, era il tiranno assassino a decidere la sorte delle persone. Nei mattatoi del mondo non poteva esserci unità, non erano più persone quelle che trascinavano i giorni, bensì numeri. Briciole da spazzar via con una manata dalla tovaglia dell'esistenza. In quella attesa di morte, era impossibile unirsi e darsi una mano. Vederli uniti faceva imbestialire i carnefici, con il rischio di essere uccisi prima.

Nell'inverno maledetto, invece, non ci sono torturatori a sterminare l'umanità. Solo freddo, fame e mancanza di tutto. Essendosi resi conto che a fare da soli crepavano da soli, i superstiti si uniscono e vanno d'accordo. Non salta fuori la minima lite o battibecco. Non conviene. In quelle condizioni, i rimasti in piedi son diventati saggi. Anche le beghe fioriscono a pancia piena. Tutto nasce a stomaco pieno, dai bambini alle guerre. Se si è morti di fame e freddo non si fa l'amore. Si diventa deboli, miti, si impara a coesistere in pace. Freddo e fame non rendono gli uomini buoni, li rendono saggi, forse astuti, di sicuro opportunisti. Chi è cattivo rimane cattivo, ma in quelle condizioni non gli conviene dimostrarlo. Allora mette via la cattiveria per momenti migliori. Se sopravvive. L'uomo non cambia. Fa delle pause ma rimane quello che è.

Così, durante l'inverno da castigo, il pianeta si trova spopolato. Soprattutto è scomparsa la gente civilizzata, quella delle società sviluppate e opulente. Perché, nei luoghi chiamati primitivi, gli abitanti neanche si sono accorti che è in corso la fine del mondo. Quelli seguitano a cacciare, pescare, riprodursi e dormire.

All'inizio, ma proprio al primo rintocco del cataclisma, qualche milionario ha fiutato la morte ed è sparito con la sua barca a vela, rifugiandosi tra quei popoli che non si sono accorti di niente. Ma si tratta di casi rari. Prima di capire e reagire, gli uomini, milionari compresi, ci mettono tempo. E quando si rendono conto di quello che li aspetta è già tardi.

Passano i giorni. Piano piano l'aria diventa tiepida. Nelle città ardono sempre i fuochi su strade e piazze ma, durante i brevi tepori, si tengono bassi. Se piove la gente entra a ripararsi nelle case vuote, nei palazzi, nei grattacieli. Accendono pire lì dentro, per terra, si passano ciotole di braci a uso fiammiferi. Il fuoco è sempre presente. Basso ma eterno. Si disfano i tetti di legno delle vecchie case, si recupera tutto quello che arde, perfino le intercapedini sotto la malta.

I superstiti in riva al mare vanno lungo le coste e le isole a cercare legna. Per muoversi usano le barche a vela dei ricchi rimasti in piedi, e si portano dietro qualche contadino che insegna loro come tagliare.

Spiega soprattutto che alberi tagliare. Bisogna lasciare quelli da semenza.

«Sta primavera» dice il contadino, «dobbiamo seminare. Anche alberi. Per ora tagliamo con giudizio, gli alberi piccoli vanno protetti, curati, puliti, fatti respirare. Così facendo crescono in fretta e ne avremo sempre. Non sappiamo quanto dura sta maledizione, dobbiamo stare attenti, tener d'occhio il domani. Seppur non è certo quanto duriamo noi, non si può per questo buttarla in vacca. Sta per venir primavera, forse il peggio è passato.»

Gli uomini ancora in forze scoprono di nuovo la spinta del vento, l'energia del fuoco, la forza dell'acqua. Motori naturali che non si esauriscono mai. Né si rompono, né hanno bisogno del pieno o di manutenzione. Bisogna sfruttare quelli. Adesso però occorre superare l'inverno, non è tempo da far progetti.

La gente rimasta in piedi continua a saccheggiare ogni luogo possibile per raccattare legna da ardere. Ogni tanto s'imbatte in specchi ai quali sono state tolte le cornici per bruciarle. I superstiti si guardano lì dentro e vedono volti diversi. Non si riconoscono. Un tempo si vedevano belli, bravi, intelligenti. Anche se erano falliti e brutti. Lo specchio li restituiva per quello che erano: falsi. Recitavano la parte, recitavano tutti i giorni la vita.

Adesso no. Adesso dentro gli specchi ci sta gente diversa, che non recita più. Sul vetro compaiono corpi crollati, magri, tirati, ma pure visi affilati e duri, decisi a resistere. Fame, freddo, mancanza di tutto hanno tolto la maschera ai rimasti. Adesso palesano quello che sono. E si scoprono meglio di quel che credevano. Per questo non si riconoscono. Non erano abituati a esser se stessi, semplici come bambini.

C'è voluta la fine del mondo storto per rendere la

gente dritta. I sopravvissuti che si vedono allo specchio ora hanno stima di se stessi, sono orgogliosi delle loro facce nuove tese e sofferenti, ma serene, pronte a contrastare i colpi del destino. La fine dei combustibili e la catastrofe hanno creato un uomo onesto. La fame e l'ombra costante della morte hanno azzerato ogni dissidio, levato ogni difetto, ogni bega, ogni ripicca. Malvagità, meschinità, piccineria, vigliaccheria non esistono più. Esiste la morte. La morte imminente per fame e freddo che l'umanità opulenta aveva dimenticato da tempo. L'incombenza costante della fine, rende il mondo dei sopravvissuti essenziale, lavato, levigato come un ciottolo di torrente.

I rimasti non alzano la voce, nemmeno per chiamarsi da lontano. Non si chiamano, si avvicinano l'uno all'altro e quando sono prossimi parlano a voce bassa. Salvo il crepitar dei fuochi e i colpi di lavoranti e cercatori di robe, non si sente altro. C'è silenzio. Silenzio nell'aria, nelle città, nei paesi, nelle strade. Tutti si muovono e parlano senza rumore. Temono, alzando la voce, di venir scoperti dalla morte e fatti fuori. Non ridono più.

Se un tempo la gente rideva, ora il riso è scomparso dal viso dei sopravvissuti. Ridere era roba per quando si stava bene. Oggi è morto anche il sorriso. Ma la sua scomparsa non pesa a nessuno. È come una stagione finita. Se c'è l'inverno non si può pretendere l'estate. E così il ridere. È passato, come l'estate. Forse tornerà, come l'estate. Ma intanto non c'è.

Quello che non è scomparso è l'inverno della morte bianca e nera. Anche se, a dire la verità, sembra che sia quasi finito. Ha portato il gelo della fine del mondo, ma ora se ne sta andando. I sopravvissuti lo ricorderanno per sempre. Intanto strappano con i denti ogni giorno che nasce e cercano di trascinarlo verso sera. Come quei boscaioli che un tempo trascinavano il tronco verso casa, tirano la vita verso la buona stagione.

Finalmente una mattina, dopo il levar del sole, nei boschi e nelle campagne i cuculi danno un colpo di canto. Il primo. E da quello ne fanno due, tre. Nei giorni successivi quattro e cinque. Finché cantano tutto il dì. È tornata primavera.

6
In ginocchio

Con l'arrivo del primo tepore l'esistenza va un po' meglio. Lungo le giornate non serve quasi il fuoco. Di notte invece è necessario, fa ancora freddo. Durante il giorno si tengono coperte le braci con la cenere. A sera, basta disfare i cumuli, tirarle fuori e soffiarci sopra. In pochi minuti la fiamma si alza gagliarda. Nell'inverno si sono tenuti i fuochi accesi, non solo per il freddo, ma perché mancavano fiammiferi, accendini, cerini, mancava tutto. Se a qualcuno si spegneva la fiamma, doveva farsela imprestare da chi l'aveva. Oppure sfregava due legni uno contro l'altro fino a ottenere le scintille. Si è imparato così a fare il fuoco come gli uomini primitivi.

La gente rimasta vive all'aperto, nelle strade, nelle piazze, lungo le vie. Solo di notte si ritira a dormire nelle case vuote.

Intanto dalle città, uomini magri come fil di ferro continuano a muoversi verso le campagne e i monti in cerca di contadini. Vogliono imparare da loro a coltivare la terra. Subito. I contadini rimasti attendono di insegnare. Appena la terra diventerà tenera, e il gelo avrà aperto il pugno e mollato la presa, hanno intenzione di seminare. Dappertutto. Nelle periferie, ai confini delle città, ovunque c'è terreno a perdita d'occhio. Spazi abbandonati, incolti. Terreni che, ai tempi delle vacche grasse, sarebbero diventati selve di palazzi, condomini, banche, supermercati, discoteche. La fine del mondo storto li ha salvati, adesso i sopravvissuti intendono coltivarli. E di corsa, subito. La fame non aspetta e non dà requie. Occorre far presto.

Anche dentro le città c'è terreno da sfruttare. Aiuole, parchi, scarpate, argini di fiumi, giardini, terrazze vengono spiati, calcolati, valutati, presi di mira. Sacramento! Dove c'è terra può crescere tutto! Va bene anche un solo metro quadro. Però bisogna organizzarsi, in qualche modo incominciare.

Occorre di nuovo inginocchiarsi sulla terra, come nel tempo antico. Pulirla con le mani, aprirla, seminarla di tutto quel che nasce. La pancia della terra, fecondata di semi, partorisce di continuo come una donna fertile.

«Ah, Dio benedetto, cosa abbiamo combinato, cosa abbiamo perso senza rendercene conto!» dicono i superstiti. «Abbiamo perso l'uso delle mani, dimenticato la sapienza, non sappiamo più fare un orto, piantare patate, radicchio, prendere un tordo con il vischio. Cos'è il vischio? Non l'ho nemmeno mai sentito nominare. Ah come siamo ridotti! In che trappola siamo finiti! Dio benedetto, aiutaci!»

"Colpa vostra" risponde Dio nelle coscienze dei rimasti vivi. "Vi avevo dato tutto, terra, acqua, foreste, animali, pesci, aria buona. Ma volevate di più. Ogni giorno di più. Avete distrutto ogni metro di terra, rovinato la natura, avvelenato l'aria, inquinato l'acqua, impestato il mondo di oggetti inutili quando a vivere bastava così poco. E vi sarebbe avanzato tempo per godervi l'esistenza che è assai breve. Vi ho dato vita corta apposta. Avevo capito che sareste diventati coglioni. Del resto, cominciarono Adamo ed Eva a essere coglioni, e voi siete di quella pasta. Concedendovi esistenza breve, speravo che la usaste al meglio, proprio perché corta e tribolata. Invece niente. Avete fatto di tutto per farvi male e rovinare quel po' che vi ho dato. Averlo saputo, era meglio lasciare la Terra senza di voi, solo con animali, pesci e uccelli. E mari, boschi e pianure. Mi avete fatto pentire di avervi creato, ma siccome tutto torna adesso pagate dazio. Siete stati spavaldi e arroganti. I due vizi peggiori che si possano mettere insieme. Poveri diavoli, mi fate pena. Ora vado via per non vedervi, mi date fastidio. Se penso che la gran parte dei signori che hanno distrutto il mondo erano quelli che venivano a messa ogni domenica e a ricevere la comunione, mi vien da prenderli a calci in culo. Ma non posso, ormai sono morti, estinti, finiti all'inferno. Ne resta però qualcuno a pagare il fio e a capire quanto sono stati imbecilli. Quando creperanno, all'inferno anche loro."

I sopravvissuti ascoltano il rimprovero di Dio. Adesso che sono allo stremo per propria colpa, si pentono e si danno dei cretini.

Intanto, pregati dai cittadini come fossero santi, dalle campagne e dalle montagne arrivano i contadini. Ce ne sono diversi, sono vivi perché sapevano lavorare con le mani. Ma occorre dire che disponevano anche di più risorse. Da loro c'erano boschi, acque, selvaggina, campi, prati e sementi. E memoria. I vecchi rimasti avevano conservato la memoria del passato. Per questo sono ancora vivi e adesso calano nelle città per insegnare a quelli sopravvissuti come si coltiva la terra. Però mancano gli attrezzi. Prima c'erano trattori, trebbie, motoseghe, falciatrici, motozappe, imballatrici, decespugliatori, camion, gru e quant'altro. Manovrate dal contadino moderno, le macchine producevano benessere. Adesso quelle macchine sono ferme, mostri con le ganasce penzolanti e sdentate. Tragiche testimonianze della frenetica corsa al produrre, dell'imperativo del sempre di più.

La gente rimasta si chiede:

«Come facciamo? Dove sono i vecchi arnesi del tempo che fu?»

«Nei musei» rispondono i contadini, «nelle soffitte, nei ripostigli, nelle cantine.»

«Allora andiamo a cercarli» si animano gli scampati alla morte.

E via di corsa alla ricerca di zappe, badili, forconi, falci, picconi, vanghe. Vengono saccheggiati gli ammuffiti musei del contadino. Si recuperano attrezzi di ogni genere, utensili ora indispensabili alla vita, che da anni stavano inchiodati alle pareti o sotto vuoto in bacheche di vetro. Quasi tutti quegli strumenti sono privi di manico. I manici li ha disfatti il tempo o sono stati bruciati per affrontare il gelo.

«Li rifaremo» dicono i contadini, «intanto va bene così. Meglio una zappa senza manico che un manico senza zappa.»

Vengono perquisiti cantine, ripostigli, soffitte, magazzini. Si visitano cantieri edili abbandonati e tutti i siti dove ci possono essere badili e picconi sono passati al setaccio.

«Requisite anche le falci» raccomandano i villici, «per adesso abbiamo fieno nei depositi ma, più avanti, quando ci sarà l'erba, toccherà falciare e si dovrà farlo a mano.»

Come il diluvio universale salvò una coppia di tutti gli esseri viventi, la morte bianca e nera sembra aver risparmiato qualche esponente di ogni mestiere. Preti, avvocati, notai, scrittori, giornalisti, medici, costruttori di automobili, magistrati, critici, architetti. E ancora: politici, sindacalisti, ladri, criminali, ingegneri, barboni, vescovi. Insomma tutte le professioni del pianeta sono rappresentate da qualche singolo smagrito e spaventato ma vivo. Molti il loro mestiere non lo ricordano quasi più. Per campare si devono inventare arti nuove.

I professionisti capiscono quanto erano fortunati ai tempi dell'abbondanza. Ma capiscono anche che l'inverno della fine del mondo gli è servito. È sopravvissuto, per esempio, qualche critico gastronomico, di quelli che si facevano pagare salato per mangiare e bere. E poi sentenziavano, dietro compenso, se quel mangiare e bere erano buoni o no. Uno di questi, che pesava un quintale e quaranta, in quattro mesi di fame è ridotto a scheletro. Però ora sta bene, non ha problemi di salute come prima. È avanzato alla morte, indurito e risanato. Se non uccide, la fame guarisce.

C'è da dire che parecchi di quelli che occupavano posti privilegiati sono ancora vivi. Li hanno salvati poveri e derelitti, contadini e montanari. Li hanno aiutati a portar fuori la pelle. Non perché lo meritassero più di altri, ma per far capire loro quanto erano stati privilegiati e fortunati.

Comunque, adesso la fine del mondo storto ha messo tutti d'accordo e li ha stesi sullo stesso piano.

Ma i giornalisti, quei quattro rimasti, faticano a dimenticare il loro mestiere. Alcuni appartenevano a testate famose, gente che un tempo se la tirava. Ora sono magri, fatti di ossa e pelle, ma non resistono senza scrivere. I giornali sono scomparsi da mesi, stamperie ferme, macchine bloccate, computer idem. Ogni carta è stata bruciata per scaldarsi. Ma i pennivendoli scampati alla morte a primavera riprendono a scrivere. Come? Dove? Sulle facciate dei muri, su porte o portoni di metallo (quelli in legno sono stati bruciati), sulle lamiere. Dappertutto dove c'è spazio liscio lo imbrattano. Danno notizie, informano, dicono come stanno le cose, come procede la fine del mondo storto. Per scrivere usano tizzoni spenti come fossero matite. Spesso vergano parole d'incoraggiamento, a volte frasi incomprensibili. Sarà la fame, chissà.

Quel che è certo è che non riescono a fare a meno di scrivere. Mestiere è mestiere. E si firmano. Vogliono far sapere che quelle parole sui muri le hanno scritte loro, non pinchi pallini qualsiasi. Forse vogliono soltanto far sapere che sono vivi. In ogni modo, a scanso di equivoci, sotto i pezzi ci mettono la firma. Ma si tratta di notizie vergate a tempo perso, i contadini premono, dicono che c'è da vangare, zappare, rivoltare, seminare. Tutti devono porre mano agli attrezzi, giornalisti compresi.

Pochi sanno maneggiarli, quegli attrezzi. Gran parte della gente non sa nemmeno cosa sono o a che servono. Alcuni li impugnano dalla parte sbagliata. Con pazienza i contadini ne spiegano l'uso. È primavera, occorre mettersi in ginocchio sulla terra o si crepa.

«Visto che siamo arrivati fin qua, diamoci da fare» ammoniscono i contadini.

Cibo non ce n'è. Si continua a cacciare di tutto, a mangiare di tutto, ma non basta. A tenere in piedi i sopravvissuti, finché la terra non dà i suoi frutti, è ancora l'infame pratica del cannibalismo.

Intanto però si cominciano a muovere le braccia. Sono state portate in città sementi di ogni tipo, quelle non mancano. Ai tempi d'oro, si aravano i campi con i trattori. I coltivi erano immensi e numerosi giacché l'unico imperativo era far soldi. Di conseguenza occorreva molta semente. Ora che tutti i macchinari sono fermi e ci si deve mettere in ginocchio sulla terra e lavorarla a mano, le sementi bastano e avanzano. Si dovranno zappare e vangare solo i campi occorrenti a sopravvivere. Non uno in più. Del resto, quando si è vivi e si combinano due pasti al giorno che serve d'altro? Adesso i superstiti lo hanno capito, eccome se lo hanno capito!

Quando tutto andava a gonfie vele gli uomini non erano mai contenti, si lamentavano di tutto. Prima di scegliere un ristorante, s'informavano su qual era il migliore. Avevano gola, non fame. Se hai fame, mangi bene dappertutto.

Sotto la guida dei contadini, all'ombra della morte bianca e nera, si comincia a piegarsi sulla terra. Nelle città, uomini e donne, giovani e vecchi, tutti quelli scampati alla fine del mondo storto scavano e rivoltano zolle di terreno. Dal centro alle periferie, ogni lembo di verde, ogni angolo dove c'è terra viene accuratamente dissodato e, con l'aiuto dei contadini, seminato. Si smembrano campi sportivi, campi da golf, parchi, terrazze, giardini, zone incolte, scarpate di ferrovie, viali, vialetti. Tutto quanto contiene un pugno di terra viene rivoltato e seminato.

Pian piano, tra morti e caos, freddo e silenzio, è tornata la primavera che i superstiti aspettavano, con il suo tiepido sole. E ora tutti si mettono in ginocchio sul tesoro più prezioso che esista: la terra. Aspettano il miracolo. Intanto seminano. Patate, fagioli, radicchi, insalate, verze, cicorie, cavoli, rape, angurie, ravanelli, carote. E poi aglio, cipolle, orzo, miglio, frumento, granturco, pomodori, segala. In campagna si coltivano campi, frutteti, vigne. Il tutto ridotto alla sola misura della sussistenza.

Se, al tempo delle vacche obese, un contadino lavorava quaranta campi di terra, ora se ne fa bastare quattro Non ha più da accumulare soldi come prima, gli basta il necessario per vivere tranquillo. Adesso l'unica moneta da cumulare è un giorno sull'altro. Importante è arrivare a sera.

Così, i rimasti tirano la vita passo dopo passo, giorno dopo giorno, e dei soldi non gliene frega più niente. Se, vangando, trovano un verme, un insetto, un grillo, lo prendono e se lo mangiano. Nell'estrema difficoltà, non c'è oro che paga un insetto, un uccello, un grillotalpa, un verme, un topolino.

Intanto passano i giorni, l'aria si fa tiepida, la luce dura di più. Lentamente le verdure mettono fuori il naso dal terreno, come talpe dal buco. Nelle città, ogni pezzo di terra, grande, piccolo, minuscolo, mette colore, cresce, si veste di nuovo. Non ci sono più alberi nei viali, perché sono stati cavati fino alle radici per far fuoco. Al loro posto, nelle buche circolari, spuntano ciuffi di erbe commestibili. Nei coltivi le verdure premono, prolificano, si allargano. I contadini sorvegliano, guidano la crescita. Insegnano ai cittadini a cavare le erbacce, a sarchiare, a sfoltire, a mettere da parte sementi. Poi tornano in campagna o in montagna a curare le loro semine.

I cacciatori si danno da fare, sia quelli di montagna che quelli di pianura. Vanno in città e insegnano a costruire trappole.

Son tornate le rondini, si catturano e si mangiano anche quelle. Poi uccelli di ogni specie, che arrivano sui tetti seguendo l'odore della bella stagione.

Tutti coltivano lembi e strisce di terra e s'aiutano. Non occorre rubare niente, la gente divide, offre, scambia. C'è stato qualche caso, all'inizio, di giovani balordi che hanno minacciato un contadino con il coltello per rubargli un sacco di farina. Il contadino, consegnando loro il sacco, ha risposto:

«Prendete pure, ragazzi, finché ce n'è, ma ricordate che una volta finita siete morti. Se invece imparate a coltivare il granturco e a pestarlo e a cavarne farina vi salvate. Posso insegnarvi a farlo, se volete.»

I giovani hanno gettato via il coltello, sono rinsaviti e hanno cominciato a faticare insieme al contadino.

C'è da dire che fare i furbi non conviene nemmeno. Finché si tratta di gioielli o lingotti d'oro, a nessuno importa niente, ma quando è in ballo un pugno di cibo, i superstiti non scherzano. Sono uniti e compatti: se rubi il mangiare, vieni mangiato. Non c'è più la legge di un tempo che sorvegliava e puniva mettendoti in galera. Adesso la punizione è un colpo di forcone nella pancia. Dopodiché, se sei giovane, la fossa è una caldiera di acqua bollente. Ma, a dirla tutta, non serve uccidere nessuno. Balordi e bastian contrari crepano da soli. O si sta in gruppo e si collabora o si viene isolati e si va all'inferno.

La morte bianca e nera ha fatto il miracolo che non era riuscito alle nazioni del pianeta dall'inizio del mondo: far vivere gli uomini in pace. Ora non ci sono più guerre, né furti, né rapine, né odio. Né banche ladre o chiese moraliste. Ora ci sono solo cadaveri. Sono morti tre quarti dell'umanità, forse di più. Morti di fame, freddo, panico, follia. Molti li ha spenti la tristezza per esser stati privati di colpo della vita comoda. Nelle zone che ai tempi buoni furono opulente (per esempio il Norditalia), si vedono sopravvissuti capitani d'industria, boss dell'editoria, padroni di televisioni, di fabbriche, stabilimenti, imprese, in ginocchio sulla terra a coltivare verzure di ogni genere.

Nei parchi immensi delle loro immense ville, piegati sulla terra, gli ex magnati, magri come stecchi, zappano, sarchiano, vangano, trapiantano, curano, spostano, proteggono. In una parola, coltivano. E tacciono. Il contadino dà le dritte. Nei parchi delle loro dimore, dove prima crescevano orchidee da cinquecento euro cadauna e piante esotiche, e altro frascame non commestibile, ora spuntano patate, fagioli, radicchi e ortaggi vari. Gli ex imprenditori vangano a capo chino, spellandosi le mani non avvezze al badile. Lo devono fare, devono per forza piegare la schiena e zappare. Per loro non lo fa nessuno. Le schiene scricchiolano come gerle secche, fanno la gobba.

Questi ex milionari, ridotti a poveri diavoli senza soldi né cibo, non trovano un cane che lavori al posto loro. La gente li riconosce, sa benissimo chi sono. Quelli erano sempre sui giornali o in televisione. Appena si allacciavano una scarpa, le telecamere erano svelte a riprendere e far sapere al mondo che il re del tal prodotto s'era allacciato la scarpa. Così capitava ad attori, veline, fotografi, campioni di sport, scrittori, artisti di ogni genere e politici.

I politici, ai tempi delle vacche obese, stavano ben piazzati nella categoria dei ricchi. Ed erano in assoluto quelli che stavano più di frequente in televisione. Per la maggior parte arroganti e spocchiosi, spesso maleducati, quasi sempre ignoranti, menefreghisti nei confronti di chi li aveva votati, facevano la ruota del pavone in tv quasi tutte le sere. Ora non più. Adesso che l'inverno di fame e freddo li ha tirati giù dalla poltrona e azzerati di spocchia, sono come tutti gli altri.

C'è però da dire che di politici ne sono avanzati pochi. Quelli che non sono morti per inettitudine si sono rifugiati nelle campagne o in montagna, dove è più facile restare al mondo. Adesso tastano l'aria con la lingua, come le vipere. Annusano, cercano, guardano, copiano, imparano a coltivare. Nonostante la situazione drammatica, hanno addirittura delle preferenze. Uno predilige la cicoria, l'altro le verze, un altro i cavolfiori. In una parola, vorrebbero coltivare a gusto personale. Ma hanno problemi con gli attrezzi.

C'è un ex ministro dell'Agricoltura che si trova in difficoltà perché non sa da che parte impugnare la vanga. Prova sul fianco destro, poi sul sinistro, spinge con la scarpa destra poi con la sinistra. Ma la vanga non affonda. Il contadino gli fa presente che il badile non è un politico, non si sposta da destra a sinistra o viceversa senza vergogna. Il badile o la vanga esigono una posizione e quella deve restare. Si decidesse a sceglierne una e quella restasse.

Sono in difficoltà anche i politici che ai tempi d'oro si occupavano di operai e problemi del lavoro. Questi qui non sanno fare niente di niente, nemmeno il più semplice dei movimenti con il più semplice degli attrezzi. Il contadino-insegnante li mette a infilare sementi nei buchi, ma per farlo devono inginocchiarsi sulla terra.

Uno pensa: "Quando ero potente, l'unica cosa che mi faceva inginocchiare era Dio. Oggi, guarda un po' come sono ridotto".

Era uno che andava a messa ogni domenica, e dopo, finita la cuccagna, era stato tra i primi a incenerire santi, crocefissi e reliquie di legno per scaldarsi. Uno dei più accaniti.

Tutti questi potenti di un tempo (ormai pochi, deboli e attoniti) si guardano in giro per trovare qualcuno che lavori per loro. Ma non trovano nessuno, neanche per un milione di euro l'ora. I sopravvissuti ormai hanno ben chiaro che i soldi non comprano un accidente. Con i soldi, nei mesi della morte bianca e nera, si crepa di fame. Da tempo hanno capito che una brancata di verze, un cavolo, un catino di patate lesse senza sale, una pannocchia valgono più di tutto il denaro del pianeta. Tra pochi mesi verrà l'estate a maturare i veri tesori: i prodotti di ogni forma e colore che già mettono fuori il naso dalla terra come talpe che premono. Basta tener duro ancora un poco e tornerà la speranza.

Così passano i giorni. Sulle montagne sta andando via la neve. Presto dalle tane spunterà il muso delle marmotte, carne buona pure quella. I montanari sistemeranno lacci sulle entrate per catturarle. Se non vogliono perdere tempo, apriranno le tane a picconate, fin giù in fondo, dove la marmotta è ancora appisolata. Nell'attesa preparano il terreno per tenere in pugno la vita.

I vecchi sentieri incolti, abbandonati da anni, pieni di sterpi e impraticabili, vengono potati, liberati e tirati a lucido. Si resuscitano campi e coltivi scomparsi da lontana memoria. Su di loro era cresciuta l'erba dell'abbandono e dell'oblio. La terra, scivolata verso il basso per la spinta della neve, le piogge e il peso del tempo, viene riportata in alto con secchi, gerle, barelle e tutto ciò che può contenerla.

Gli ultimi artigiani rimasti in piedi insegnano a costruire attrezzi di legno pratici e leggeri. Si riesumano vecchie incudini e forge a manovella alimentate a tocchetti di carpino scuro. C'è ancora qualche fabbro che conosce i segreti della tempra. Con il suo aiuto si doma l'acciaio per cavarne utensili e arnesi altrimenti introvabili. Ci sono da costruire mulini a vento, mulini ad acqua, segherie, servono pezzi di ferro adatti. In montagna non mancano torrenti e cascate per far girar le pale E nemmeno venti con voglia di spingere.

A Maniago, città famosa per coltelli, asce, picconi, badili e tutto quel che era d'acciaio, tornano a spuntare i magli battiferro mossi dalla forza dell'acqua. Crescono lungo il torrente Colvera e sono diretti dagli ultimi fabbri rimasti in vita, che insegnano ai sopravvissuti quel che sanno e avevano riposto nella cassaforte della memoria. Nei paesi di montagna, nella primavera che seguì l'inverno della morte, compaiono ovunque mulini sulle rive dei torrenti.

Dalle città hanno chiamato qualche architetto o ingegnere che, pur non avendo mai fatto mulini, conosce le tecniche del costruire e dà una mano ai montanari. Quando matureranno granturco e frumento ci sarà bisogno di pale per macinare.

Le forge dei fabbri per ora vanno a legno di carpino ma, più avanti, si faranno i poiàt per avere carbone di legna. Si costruiscono cumuli di tronchi di varie misure, alti un metro, accatastati in piramidi di base circolare dal diametro di oltre quattro metri, ricoperte di terra e mota. Poi le si incendiano dall'interno e il fuoco, consumando la legna senza divampare, dà carbone in abbondanza.

In montagna si è salvato qualcuno che sa ancora imbastire una carbonaia. Per non rischiare che gli ultimi carbonai scampati alla morte crepino d'improvviso portandosi via il segreto, si fanno subito cataste di legna appena fuori paese e le si accende. I carbonai insegnano il segreto del mestiere a tutti gli altri sopravvissuti in modo che, se il castigo dovesse durare, si possano arrangiare.

Piano piano si va verso l'estate, le prime verzure mettono fuori il naso, alcune si possono mangiare subito. Si continuano a tenere i fuochi accesi, ma non fa più tanto freddo. Solo di mattina e sera l'aria torna pungente. Il fuoco serve a cucinare, a rendere allegra l'aria, a raccogliere la gente in gruppo, a guardarsi in faccia.

Le città sono diventate campagne, ci sono coltivazioni dappertutto. Ogni pezzettino di terra è cosparso di semina che sta crescendo. Le città, in poco tempo, sono diventate verdi. Ormai non vi sono più differenze, tra città o montagne, metropoli o campagne, i rimasti sono tutti uguali. E il mondo è tornato come ai tempi della creazione, semplice e pulito.

A Milano, per esempio, si rivedono le stelle. E la luna sale tonda o a quarti a grattarsi la pancia sopra le guglie del Duomo. I milanesi scampati alla morte spiano increduli quelle notti stellate e dicono: «Guarda, le stelle!». Poi vedono la luna ed esclamano: «La luna! C'è la luna qui da noi!».

Non esiste più un filo di smog, né fumi, né clangori, né rumori di automobili, né sirene. L'unico suono che circola nell'aria è quello prodotto dal lavorio della gente, dai colpi che servono a cavare pezzi utili da case, palazzi, chiese, duomi, cimiteri. Legno se ne trova ancora, e comunque di fuoco ormai ne basta un po' per cucinare e stare uniti. Giorno dopo giorno si va verso l'estate.

Intanto, assieme alle verzure, nei prati sta crescendo l'erba. Erba buona che servirà al bestiame. Contadini previdenti e saggi, prima del disastro, avevano colmato i depositi di fieno ed erano così riusciti a far passare l'inverno ai propri animali. Ma i depositi un po' alla volta si sono svuotati, occorre fieno nuovo. I rimasti vivi hanno già pronte le vecchie falci recuperate nei musei, nelle soffitte, nei depositi, nelle cantine, ma quasi nessuno di loro sa falciare a mano. Qualche anziano lo sa fare e dà lezioni.

Prima c'erano falciatrici, trattori, mostruosi rasaerba, chiamati anche decespugliatori. Erano falci a motore del terzo millennio, facevano un casino insopportabile e inquinavano il terreno perché il rotore era lubrificato a olio e l'olio finiva dritto nell'erba ammazzando le radici. Di attrezzi così c'era l'invasione.

In un paesino di montagna chiamato Ripido, perché sorto in un terreno erto, su quattrocento anime c'erano settantaquattro decespugliatori. Alla domenica, quando si poteva stare in pace e godere del silenzio dei monti, ecco che all'improvviso (rigorosamente dopo messa) partivano i casinisti del rasaerba. Per pulire un metro quadro di terreno facevano un rumore terrificante e i falciatori motorizzati si inzaccheravano dalla testa ai piedi, colpiti da raffiche di erba e stecchi che vorticavano loro intorno. Alla fine erano verdi come alberi a primavera.

Alcuni di questi falciatori tendevano all'ingrasso. Perciò, due volte a settimana, andavano in palestra a fare addominali. Bastava adoperare le vecchie falci a mano e gli addominali sarebbero spuntati come funghi. Pure bicipiti e deltoidi. Inoltre, con l'uso della falce, il girovita si assottiglia. Il continuo ruotare del falciatore sul busto fa sì che la pancia diventi fil di ferro. In passato non vi era falciatore che non avesse vita sottile, spalle larghe e braccia di muscoli. Lavoravano senza far rumore, come le meridiane che danno le ore senza clangori o rintocchi di campane. Solo quando battevano la falce per affilarla, si udiva il tin tin del maglio sull'incudine. Ma quello era musica, non frastuono di motori. Musica ritmata, come il canto dei cuculi. Poi vennero i rasaerba e i falciatori ingrassarono.

Con il caldo, i giorni si muovono tranquilli, diventano meno duri, le verzure crescono, l'erba pure. Finalmente, una mattina, i rimasti vivi si svegliano che fa più caldo del solito. Il sole s'è alzato presto e arde come fiamma nel cielo limpido e pulito. Su città e campagne, montagne e colline, uomini e animali splende una luce nuova, una luce di speranza. È arrivata l'estate.

7
In piedi

Con l'estate tutto va meglio. Ormai fa caldo, di freddo non si muore più. Non servono grandi falò. Anche se il fuoco occorre sempre per cucinare quel po' di carne che si riesce a trovare. O per lessare le verdure che hanno messo fuori il naso. I superstiti hanno ormai imparato ad accenderlo quando vogliono, sfregando tra loro stecchi sottili o battendo con il martello un fil di ferro finché diventa incandescente. Ci sono anche accendini privi di gas e benzina, con ancora la pietrina che, sfregata, emette scintille. Ma è difficile far fuoco con quella stellina che muore in un lampo. Meglio il ferro incandescente o i legnetti. O, meglio di tutto, catturare i raggi del sole con una lente e incendiare le pagliuzze.

I contadini iniziano a portare gli animali in città. Soprattutto mucche, vitelli, manze, per dare un po' di latte e un po' di carne a quella gente. Alle periferie delle metropoli ci sono prati d'erba che crescono insieme a campi coltivati. Nei centri abitati, ogni francobollo di terra è seminato. Le vacche emigrate in città hanno trovato posto nei locali un tempo alla moda. Discoteche e pub, fino a otto mesi prima templi intoccabili del divertimento, sono diventati stalle.

C'è un posto dove, ai tempi d'oro, non entravi se non eri persona famosa, politico o individuo baciato da soldi e fortuna. Insomma, se non eri vip non passavi quella porta. Il padrone era uno messo bene in quanto a ricchezza. Maneggiava automobili come noccioline. Circondato giorno e notte da belle donne, occupava spazi televisivi più dei telegiornali. Ora il suo locale famoso è diventato una stalla piena di vacche. Stalla di lusso, ma sempre stalla. Si trova vicino al mare. Il padrone però si è salvato, perché era uno forte e veniva dalla terra. Ora, magro come un baccalà con la barba lunga e la barca milionaria, gira le coste e le isole assieme ai contadini per cercare legna. Il vento gonfia le vele, non serve il gasolio a farla camminare. Il vento dura in eterno e gira e muove barche, mulini e segherie. E asciuga i panni.

Tutte le barche a vela dei milionari diventati poveri vengono usate per la sopravvivenza. C'è d'andare a pescare e a fare legna. La morte bianca e nera è ancora presente, non si sa quanto durerà, occorre far provviste per il prossimo inverno.

I contadini avvertono che non bisogna saccheggiare coste e isole, tagliando rasoterra pinete, boschi, siepi e tutto ciò che somiglia a un albero. Se si taglia uno, occorre piantare dieci, altrimenti gli alberi finiscono. Questo raccomandano sempre.

Il pesce pescato lo si distribuisce. Lo si trasporta in città a piedi, spingendo vecchi carretti o in bidoni sulle spalle.

In montagna lo stesso. La selvaggina si porta nelle città. Ovviamente quelle vicine, non tutte possono essere rifornite. Ecco quindi la scelta di spostare gli animali in città. Se Maometto non va alla montagna...

Oltre alle vacche che danno latte e derivati, si ottiene carne di maiali, tacchini, galline, oche, anatre e altro bestiame spostato nelle discoteche, nelle chiese e nei ristoranti.

D'altra parte non si potrebbero ospitare tutti i cittadini nei paesi rurali, dove sopravvivere è assai più facile. Ecco allora il progetto di rendere le città campagne, con fattorie, animali, coltivi, fieno e verzure. Progetto che riesce, visto che non mancano spazi verdi e terreni coltivabili. E nemmeno locali da adibire a stalle e fienili. Nelle periferie ci sono prati da falciare in abbondanza. Persino sulle terrazze sospese dei palazzi sono stati seminati frutti o verdure.

Intanto, sotto il sole che scalda, alcuni ingegneri scampati alla fine del mondo storto hanno montato qualche pala a vento per ottenere un po' di corrente. E qualche pannello solare che stava impilato nelle fabbriche. Adesso che non ci sono più smog, né fumi, né caligini, il sole picchia anche su Milano e si può avere un po' di corrente con cui fare perlomeno le cose urgenti.

Gli ospedali sono chiusi dall'inverno passato, ma alcuni medici vanno e vengono per le sale. Eseguono gli interventi più semplici bollendo i ferri su stufe improvvisate. Le infezioni sono all'ordine del giorno. Non possono far bollire le siringhe, che sono di plastica e si deformerebbero. Però sono riusciti a trovarne qualcuna di quelle vecchie, in vetro, poste nelle scatoline di alluminio che si dovevano bollire per sterilizzarle. I medici scampati si rendono conto di quanto il mondo è stato incauto. Compresi loro stessi. Si dovevano conservare i vecchi strumenti in onore alla saggia formula del non si sa mai. Metterli da parte, conservarli lucidi e funzionanti sarebbe stato giudizioso. Ma, nel periodo della cuccagna, solo a pensarla un'idea simile faceva ridere. Ora non più. Adesso nulla della vita remota di cento anni prima appare ridicolo.

La fine dei combustibili ha posto il mondo di fronte alla sua debolezza, alla sua incauta ingenuità. Chi mai pensava sarebbe andata così? Nessuno. Invece era da pensarla, intuirla, prevederla. Infatti la fine del mondo storto è arrivata, adesso c'è, e i superstiti ci battono la testa.

Nelle metropoli i sopravvissuti si mettono al lavoro. Con l'aiuto di villici e montanari si sono organizzati. Si danno da fare e non piangono i morti. Per piangere ci vuole certezza del futuro e stomaco pieno. Quando sai che domani il morto potresti essere tu, non stai lì a disperarti per la morte degli altri. Cerchi di salvare la tua vita. Tutti i sentimenti, dai più nobili ai più gretti, hanno bisogno di pancia piena. Di fronte alla fine che morde le caviglie, uno se ne frega di tutto e cerca di scamparla. Anche soltanto per quel famoso giorno in più. Dopo si vedrà, intanto me la cavo io e tu arrangiati. Se c'è da dare una mano la si dà, ma solo con certezza di tornaconto.

Fiorisce anche un primitivo artigianato fatto di scarti, pezzi, avanzi, minuzie. Non si butta via niente, ogni frammento buono viene usato per sopravvivere. Non c'è un filo d'immondizia per terra. Con la cenere dei fuochi ci si lava la faccia, si lava qualche straccio. Con gli escrementi secchi si accendono fuochi. Nemmeno la merda si butta.

Sulle strade circolano carri, carretti, carriole, biciclette e strani trabiccoli spinti a mano, assemblati alla buona con ruote d'automobili demolite. Per fare cento chilometri ci si mettono giorni. Ma non c'è fretta. Fretta non ce n'è più da tempo.

In questo disastro planetario, in questa situazione limite, i sopravvissuti, spazzini e re, milionari caduti e miserabili sollevati, giusti ed empi, intelligenti e coglioni, scoprono d'aver recuperato un tesoro che non esisteva più da anni. Una ricchezza appartenuta forse ai loro trisavoli: la lentezza. La gente ha rallentato, ora fa tutto piano, anche mangiare. Il poco cibo che hanno, che producono, che trovano, lo gustano adagio per farlo durare di più. Di un uccello catturato succhiano le ossa come se suonassero zufoli e non scartano niente, cucinano perfino le zampe. Bollite sono buone pure quelle. Gli scampati dormono dodici, quindici ore per notte, serenamente rassegnati al destino. I grandi manager d'un tempo hanno ritrovato una calma e una serenità neanche mai sognate. Sono diventati così limpidi che riescono perfino a sorridere.

I ricchi ora vestono quel che trovano, mangiano quel che possono, s'ingegnano a superare i giorni difficili, e hanno un sacco di tempo libero. Soprattutto non hanno più agende fitte di appuntamenti, riunioni di Cda, non competono, non baruffano, non fanno giochi sporchi come una volta. Le porcherie al tempo dell'abbondanza erano all'ordine del giorno. Ora non più. Ora i ricchi non hanno più nemmeno l'assillo di pigliar treni, aerei, taxi, indossare abiti di circostanza. Non cercano né creano mercati in Australia, in Messico o in Cina. Del resto, i cinesi non invadono più il mondo, impegnati come sono a invadere i campi di riso per tirare avanti.

La gente rimasta va a dormire quando viene buio, si alza quando fa chiaro. Non esistono più orologi, né sveglie, né cellulari, né orario alcuno.

I superstiti hanno sempre fame, mangiano poco e solo quando possono e quando ne trovano. Spiano le verdure, le curano, le scelgono. Le trapiantano per averne di più. Una parte la fanno bollire e bevono l'acqua di cottura. Molte le mangiano crude, che sono buone. Gente che prima stava male, piena di stress, superlavoro, supermangiare, superchili, supersoldi, superimpegni, adesso sta meglio. Pure coloro che stavano male per miseria, fame, indigenza, ora stanno bene. Gli scampati, uomini, donne, bambini, sono magri, lucidi, tirati, secchi, sottili come pagliuzze.

Anche i rarissimi vecchi rimasti in vita sono magri. Magri e attoniti. Guardano lontano e restano in silenzio. Non pensavano di dover assistere alla fine del mondo. Quanto meno non in questo modo. Erano anziani, credevano di spegnersi tranquilli, accanto a figli e nipoti. Invece hanno fatto in tempo a vedere. Sono stati testimoni di una morte che, senza bombe, cannoni o fucili, ha fatto più vittime di tante guerre messe insieme.

La gente ora non ha più doveri, né impegni, né padroni, né scadenze. Niente di niente. Non teme più l'esattore delle tasse, il fisco, le multe, i semafori, le rate, il mutuo, le code agli sportelli, lo sfratto. Sfrattanti e sfrattati sono morti, i restanti hanno a disposizione una vasta scelta di alloggi. Tre quarti delle abitazioni sono vuote, ognuno può dormire dove gli pare, prendersi la casa che gli piace. Può scegliere tra ville, palazzi e castelli, depredati fin nell'ultima scheggia di legno.

Non fosse per i morti, la fine del mondo storto ha fatto bene all'umanità. I rimasti in piedi non temono più violenze e danni, e nemmeno i ladri.

La morte bianca e nera ha eliminato anche i ladri. E sì che apparentemente di tesori ora ne avrebbero da rubare! Banche e gioiellerie sono aperte, dai caveau occhieggiano tonnellate di lingotti e pietre preziose, ma nessuno tocca niente. Toccare a fare che? Oro e gioielli e diamanti adesso hanno meno valore della spazzatura. Vale più un escremento di vacca per far fuoco o concimare la terra che cataste d'oro. Ma non tutti si rassegnano a pensare che quelle materie preziose siano diventate paccottiglia. Qualche ricco ancora ci prova a ottenere cibo e potere scambiandolo con oro.

A Ripido, quel paese dei rasaerba, arriva un tipo in bicicletta. È partito da Milano, dice. Ha una certa età, ma pedala ancora con vigore. Ha occhi capaci di tutto. Si è fatto molti paesi di pianura per piazzare i suoi tesori, ma dappertutto lo hanno cacciato via. Allora ha voltato la bici verso i monti. Quelli lassù, pensa, sono coglioni, lo sono da secoli, forse ci cascano.

Appena arriva nota due mulini che girano con la forza dell'acqua. Vede in giro campi erti da far paura, ma pieni di pannocchie in rigoglio. Subito collega le due cose. Pensa che, comprando campi e mulini, potrà sottomettere gli affamati. Al tipo non interessa il valore dei campi e dei mulini, gli interessa comandare. La gente la puoi comandare meglio quando è morta di fame e tu hai la roba per sfamarla. Se non ubbidisce, niente cibo.

È uno grintoso questo qui. Ai tempi delle vacche obese c'erano più milioni nelle sue tasche che ghiaia nel greto dei torrenti. Ora soldi non ne ha più, li ha bruciati per scaldarsi. Ma gli rimangono quintali d'oro, gioielli, pietre preziose, ville e opere d'arte che ha sottratto al fuoco.

Mentre spingeva sui pedali per salire a Ripido, pensava ai colpi del destino, alla curva bizzarra e improvvisa della vita. Fino a neppure un anno prima aveva automobili, navi, barche e aerei personali per muoversi nell'aria. Adesso gli tocca pedalare. Sacramento! Ma, occorre dire, non gli spiace fare il Bartali del terzo millennio, è un tipo sportivo, vuole vivere centoventi anni.

Appena vede mulini e pannocchie, cerca subito il mugnaio e gli propone di comprarli. Era abituato a ottenere tutto con il denaro, uomini compresi. Ma non era il solo che con la propria ricchezza acquisiva uomini e cose.

Tutti quelli che potevano pagare per possedere lo facevano. Gli uomini erano in vendita, perciò comprabili. Forse esisteva qualche eccezione ma non durava. Anche i più solidi e retti cadevano in tentazione. Era solo questione di tempo. E di prezzo. Adesso, tutto questo comprare non esiste più.

L'uomo con la bicicletta ne ha l'ennesima conferma. Chiede al mugnaio se gli vende mulini e pannocchie. In cambio gli offre lingotti d'oro che tiene nelle banche d'Italia. Aggiunge ville e barche. Il mugnaio lo manda a quel paese.

Allora il tipo stacca una valigia dalla canna della bicicletta. Dice al mugnaio:

«Oltre all'oro ti do anche questi.»

Cava dalla valigia una decina di tele arrotolate. Sono dipinti di Van Gogh, Caravaggio, Tiziano, Picasso.

Il mugnaio lo guarda di traverso.

«Quelli» dice «non sono buoni nemmeno a far fuoco.

Non ardono, e se ardono bruciano male. Vale più la valigia di quel che ha dentro. I suoi quadri e il suo oro non m'interessano, non so che farmene. Ma neanche lei, mi pare, sa che farsene.»

«È vero» risponde il tipo, «non so che farmene. E mi accorgo che con tutti i miei averi non compro una rapa.»

«Era ora!» esclama il mugnaio. «Finalmente i soldi fanno vedere il muso che hanno. Soldi e oro e gioielli e diamanti non valgono un cazzo. Non ci compri neanche una rapa, come dice lei, caro signore. Una rapa, una pannocchia, una verza, servono a star vivi un giorno in più. E tutti vogliono vivere un giorno in più. È finita la cuccagna, cari miei. I vostri soldi sono zero, valgono meno del letame. Dispiace per i morti, ma era ora che arrivasse il castigo, almeno così quelli che restano capiscono qualcosa. Capiscono quanto vale la terra. E adesso, se vuol mangiare, si tiri su le maniche e dia una mano.»

L'uomo in bici pensa: "Cribbio, non me ne va una dritta, però questo qui ha ragione. Quando c'erano i combustibili, comandavo io. Con i soldi compravo tutto, e chiunque si faceva comprare perché con i miei soldi poteva avere quel che sognava. Tutti gli uomini in fondo sono comprabili, dipende dalla cifra. L'unico che non si è venduto, ma, al contrario, è stato venduto, fu Gesù Cristo. E lo pagarono una miseria. L'uomo più grande del mondo costò meno di uno qualsiasi. Adesso vale più una patata che i miei imperi. I sopravvissuti se ne sono accorti e me ne sono accorto anch'io".

Il mugnaio, come se gli leggesse nel pensiero, insiste:

«Quando la posta è crepare di fame e freddo, una patata e una stufa accesa diventano Dio. Un Dio da tener da conto e rispettare. Un giorno di vita in più fa nascere la speranza che possa succedere il miracolo e che domani cambi in meglio.»

«È vero» ammette l'uomo, «lei ha ragione.»

Ma non butta via le tele. Le rimette in valigia, monta in bicicletta e va da un'altra parte, a tentare di comprare robe utili offrendo quelle inutili.

Nel frattempo il mondo tecnologico è morto. I computer sono spenti e a nessuno importa niente. Senza la vita data dal cavo elettrico, sono scatole grigie, piene di chiacchiere mute, nascoste, invisibili.

Il po' di corrente recuperata qua e là, da pannelli solari e pale eoliche, serve ai medici scampati alla morte per curare qualcuno. Per il resto, non c'è più nulla. Nemmeno un soffio, uno starnuto, un sibilo di motore.

E così, un giorno d'estate, in questa immane tragedia planetaria, superato il terrore, i rimasti vivi s'accorgono di quanti oggetti superflui e cianfrusaglie inutili li circondavano prima del disastro. Erano diventati drogati di elettrodomestici, dipendenti da meccanismi, eroinomani di oggetti. Il novanta per cento dei macchinari che intasavano case e famiglie erano sovrappiù. Non servivano alla vita quotidiana.

Il mondo poteva benissimo andare avanti senza quegli aggeggi. Ma, come un caprone accecato dal sole che salta nel precipizio, l'umanità tecnologica non si rendeva conto e continuava a saltare nell'abisso dell'inutile. Non smetteva di caricarsi di macchine e macchinari fino a coprirsi del tutto. Uomini, donne, bambini, vecchi, gente che credeva di gestire gli oggetti veniva invece gestita da loro, in una confusione senza fine. Erano diventati schiavi al servizio di gingilli. I quali, da parte loro, avendo capito il livello di dipendenza degli uomini, se la godevano un mondo a farli dannare con beffe e scherzi atroci. Per esempio, facevano dimenticare a un marito il cellulare sul comodino. La moglie sentiva arrivare sms e li leggeva. Era l'amante di lui: parole piccanti, famiglia disfatta. Oppure la corrente veniva a mancare sul più bello della partita di calcio o del film porno. Lo schermo diventava buio come la notte, addio goal e godimenti.

Ora, finalmente, gli uomini si sono liberati di tutti i meccanismi in movimento. C'è voluta la morte bianca e nera a spazzar via cianfrusaglie e dipendenze. Da soli, gli uomini sarebbero rimasti schiavi dei marchingegni. Deve sempre intervenire una forza esterna per farci rinsavire. Solo quando ci piglia il cancro ai polmoni smettiamo di fumare.

La mortale austerità ha tolto ai superstiti vizi, oggetti, orpelli, ricchezza, povertà, esigenze, orari, obblighi, discussioni e via di questo passo. Li ha liberati dalla schiavitù senza tante storie regalando loro in cambio tempo libero.

La tragedia del petrolio ha fatto fuori tre quarti dell'umanità, ma ha regalato ai superstiti pace e tempo libero. Però sono morti in tanti, tutti quelli che non hanno saputo cavarsela con mani e ingegno. Morti assieme a chi non aveva forza: infermi, deboli, bambini, vecchi, disabili, malati di mente, depressi. Tutta gente che non sapeva difendersi. E, nel marasma universale, abbandonati a se stessi, sono caduti tutti assieme.

Intanto le verzure sono giunte a maturazione. Alcune prima, altre dopo, hanno infiorato città e campagne. E anche i monti, fino a una certa quota. Le città sono diventate paesaggi pieni di coltivi con relative stalle, fienili, letamaie eccetera.

La sede della casa editrice Mondadori a Milano è diventata una grande fattoria con vacche e vitelli e manze al piano terra. Sopra, ai piani alti, viene ammucchiato il fieno falciato a mano nelle periferie, fatto seccare e portato a spalla dai sopravvissuti. In quell'immenso e splendido edificio, opera dell'architetto Oscar Niemeyer, un tempo c'erano odore di libri e ticchettio di computer che funzionavano a pieno ritmo. E il brusio sommesso degli impiegati stretti gomito a gomito in eleganti séparé di lavoro. E c'era il passo cadenzato di capi e dirigenti che battevano i piani a controllare che tutto filasse per il meglio. Adesso si sentono muggire vacche e vitelli, e richiami di gente che lavora. In una sala al piano terra è stata allestita una primitiva latteria dove fare formaggio, burro e ricotta.

I contadini hanno procurato caglio e sale inglese che avevano in deposito. Quando finirà, hanno già pronti, appesi a fumicare, i testicoli dei vitelli uccisi per sfamarsi. Quelli, dopo otto mesi, diventeranno ottimo caglio. Si accende il fuoco sotto la caldiera, si porta il latte a temperatura di trenta gradi e con l'aggiunta del caglio si fa il formaggio, e avanza il siero. Da quello si fanno le ricotte portandolo a ebollizione e aggiungendo il sale inglese. Quando mancherà il sale inglese si metterà il siero inacidito e la ricotta verrà comunque perfetta. La panna si batte a mano nelle zangole o nelle girandole mosse a manovella dai superstiti, che cavano eccellente burro dal colore giallo.

Contadini e montanari, assieme ai cittadini rimasti, stanno avviando piccoli allevamenti di sopravvivenza. Animali da latte e da carne. Vitelli e vitelle che diventeranno manzi da carne e vacche da latte.

Fuori dal grande edificio della Mondadori c'è un buon odore di letame che proviene dai cumuli, ed è pieno di maialetti che corrono qua e là. Delle carpe che nuotavano negli eleganti laghetti non vi è più traccia. Sono state divorate nei mesi duri, pinne comprese. Stessa sorte è toccata ai pavoni, che altezzosi facevano la ruota lì attorno: tutti arrosto.

Le vacche si mungono a mano, in poco tempo hanno imparato a farlo anche i cittadini. Per sapere quando il latte è a temperatura di caglio basta infilare l'indice nella caldiera e tastarne il calore. Si sbaglia di poco, il formaggio viene lo stesso. Dopo i primi insegnamenti dei contadini, tutti sono capaci di fare qualcosa.

Molte di quelle stalle di città, e molte latterie, hanno preso posto nei locali che furono banche. Nei caveau stipati d'oro, invece, con le porte aperte spesse un metro, un tempo luoghi impenetrabili, la gente scampata alla morte va a fare i bisogni. I caveau son diventati latrine. Molti lingotti vengono presi e usati come pesi per calcare le forme di formaggio e farne uscire il siero. Altri per fermare le porte in modo che restino aperte.

È ormai piena estate, nelle città fa caldo, la verzura cresce silenziosa. Tutto il mondo è silenzioso.

SECONDO QUADERNO

8
Il silenzio

Piano piano i superstiti hanno imparato ad accettare e sopportare il silenzio. Poi a goderne. Una volta lo temevano. Ai tempi delle vacche obese, quando la domenica si poteva riposare, la gente s'accorgeva che intorno c'era silenzio e pigliava paura. Allora si metteva a far casino, inventando rumori di ogni tipo. Il più classico era alzare la radio a tutto volume, o far ronzare gli aspirapolvere, lasciare le auto in moto. Oppure, come nel paesino chiamato Ripido, al mattino dopo messa, por mano a settantaquattro decespugliatori e farli urlare a pieno regime per rapare qualche metro quadro di erba.

Ora non più. Ora i superstiti ascoltano in silenzio. Vanno a piedi per città silenziose, prive di clangori, clacson, sirene, schiamazzi, sferragliamenti. Nei cieli sopra le città si vedono le stelle. I rimasti vivi tacciono o parlano piano, silenzio chiama silenzio.

Apprezzano la bontà di un cibo improvvisato, l'essenzialità di un vestito alla buona, un fuoco sulla strada, un giaciglio. Riconoscono il piacere di esser tornati uniti per combattere la morte, stretti insieme come i ciottoli di una via. O come i branchi di capre quando vedono l'aquila e si serrano in blocco a pugno chiuso.

Prima, quando la vita scorreva comoda, ognuno si faceva i cazzi propri, chi stava bene stava bene, chi stava male s'arrangiasse. È vero, c'era chi aiutava i poveri, si dedicava al volontariato, ma si trattava di casi rari. Alla fine a imperare erano egoismo e cinismo totali. Chi aveva si divertiva, chi non aveva pativa.

I ricchi organizzavano feste diurne e notturne che finivano sempre in bagordi e belle donne. I locali di lusso erano strapieni, ma solo di gente con i soldi e famosa. I poveri diavoli non ci entravano. E non entravano nemmeno nelle banche, dove i padroni tenevano i tesori e incrementavano i loro affari. Forse per questo, ora che la catastrofe planetaria mena la falce, i poveri usano banche e locali esclusivi come latrine. È una forma di vendetta, una scelta ragionata tutt'altro che inconscia. Come a dire che denaro, ricchezza e lussi alla fine verranno sepolti dalla merda.

Una delle tante cose buone che ha portato la morte bianca e nera è che adesso la gente va d'accordo, non c'è più nessuna differenza. Sono tutti ricchi uguali e poveri uguali, a seconda di come la si vuol sentire. Tutti nascono e ripartono ogni mattina. Da quello che resta. E da quello che riescono a fare.

Soprattutto, gli scampati hanno imparato a far silenzio e ascoltare. Ascoltano ogni sussurro, ogni voce, ogni fruscio che proviene dalla natura. Nelle notti buie o illuminate dalla luna, sentono canti di uccelli notturni. Senza più clangori e luci in ogni dove, gufi, civette, barbagianni e allocchi sono venuti in città a far compagnia ai superstiti. Si possono sentire grattare le loro unghie su lamiere e cornicioni. E poi si mettono a cantare.

Passato il terrore dell'inverno, gli scampati riprendono a fare l'amore. L'estate è un filo di speranza, favorisce i contatti. Lo fanno liberamente, senza progetti per il domani, senza ipoteche sul futuro, senza contraccettivi, senza l'incubo del mutuo. Durante i mesi della morte, nonostante tutto, c'è stata anche vita. C'erano donne incinte, sono nati bambini che le mamme allattavano al seno. Pochi però sono cresciuti. Ogni minimo malanno, una febbricola, un colpo di tosse, l'influenza, se li portava via. Non ci sono medicine e tanti non sono forti né fortunati.

Nelle ristrettezze le mamme, le donne in generale, si sono affilate, son diventate cerve, camosce, leonesse. Sono diventate forti come ai tempi della prima terra, naturali, attente. Non tutti i neonati hanno superato l'inverno, ma quelli che ce l'hanno fatta crescono sani, senza nulla sapere del disastro che attanaglia il pianeta.

I superstiti s'accorgono che cose scomparse da anni, alcune da secoli, o persino mai conosciute, tornano gradite e affettuose, suscitando sorpresa e speranza come un animale estinto che riappaia d'improvviso.

Qualcuno ricorda gli spot televisivi al tempo delle vacche obese dove il tonno, per esser buono, doveva per forza tagliarsi con un grissino. O un uomo per esser figo doveva sapere di tabacco e cuoio. O quello in cui furbastri produttori avevano creato il profumo per "l'uomo che non deve chiedere mai!". E l'accattivante pubblicità per vendere automobili, birra, pasta, orologi, divani semoventi e milioni di oggetti superflui. Tutta paccottiglia per catturare creduloni e ingenui, annoiati e troppo pasciuti. La gente comprava i prodotti reclamizzati dagli stessi che li producevano. Era un tempo di stupidaggini e ingenuità.

Adesso i sopravvissuti se ne rendono conto. Capiscono di aver dimenticato le cose semplici, belle e sicure: il contatto con la natura, l'uso delle mani, la fantasia inventiva, il sapersi arrangiare senza troppi marchingegni. Sovraccarichi di robe in più, gli uomini stavano perdendosi sotto il mucchio. Stavano scomparendo, il cumulo li copriva, li nascondeva, li soffocava. Poi (e se non fosse per i morti verrebbe da dire finalmente), è arrivata la morte bianca e nera che ha precipitato il pianeta nella catastrofe e ha aperto gli occhi ai superstiti. Giorno dopo giorno, infatti, s'accorgono che vivere è come scolpire, si deve tirar via, togliere, per scoprire quel che sta sotto. Bisogna non avere più nulla, esser ridotti alla fame, allo stremo, con l'ombra della morte accanto per illuminarsi quando arriva un tozzo di pane, un raggio di sole, una parola di conforto.

In condizioni estreme non si fanno progetti, piani di lavoro, strategie di comportamento. Per questo i superstiti dormono tranquilli. Non hanno più doveri, né impegni, né orari da rispettare. L'unica preoccupazione è quella di riempire lo stomaco per arrivare al giorno dopo. E, adesso che c'è l'estate e fa caldo, rimediare la qualità della vita è più semplice. Diventa quasi un gioco, uno stimolo a proporre, studiare, inventare qualcosa di utile per tirare avanti. Di utile per tutti.

Ogni tanto arrivano buone nuove e valide scoperte dai paesi, dalle città, dalle pianure o dalle montagne. La voce corre in un lampo e tutti adottano la novità o l'invenzione per campare meglio. Non ci sono più giornali, televisioni, internet. Le notizie passano di bocca in bocca come le tegole si passano l'acqua. In poco tempo, tutti sanno cosa succede e cosa fare, quali sono le decisioni migliori da prendere. Non esistono più le gerarchie di un tempo. Capi, direttori, comandanti, gente che stava in alto e decideva per gli altri sono spariti. E, guarda caso, tutti vanno d'accordo, perché non c'è nessuno più importante o con maggior potere di un altro.

L'ennesimo miracolo della morte bianca e nera: aver eliminato i capi. Medici, ingegneri, architetti, letterati, avvocati, tecnici, notai, tutti gli scampati alla tragedia ora sono contadini al pari dei contadini, giacché inginocchiarsi sui campi e coltivarli è l'unico modo per salvare la pelle. Alla fine ha vinto la terra, non le specializzazioni professionali. Vangare e seminare non richiede in fondo molta tecnologia né tante lauree. Basta un contadino che dia le dritte, una zappa, un badile, e come per miracolo dalle zolle spuntano le talpe della salvezza in forma di verdure.

Molti dei superspecializzati scampati alla morte, lavorando la terra, scoprono di aver sbagliato mestiere. Era fare il contadino la loro vera passione, ora lo capiscono. Ma, ai tempi d'oro, non ci pensavano nemmeno. Bastava il titolo di dottore davanti a nome e cognome ed era tutto. Era il blasone per alzare la cresta.

C'era un politico, dotato di antipatia fastidiosa, forse non cattivo ma con una spocchia insopportabile, che nelle dispute televisive con i colleghi, dove tutti parlavano uno sull'altro senza spiegare nulla, pieni di livore e stupidaggini, pretendeva lo si chiamasse "dottore".

«Mi chiami "dottore"!» tuonava puntando il dito verso chi lo appellava senza il titolo. Ora il dottore è qui, in ginocchio sui campi, che cura verzure come tutti, per scampare alla morte. Del titolo di studio non vuole più saperne. Ma chi lo riconosce continua a chiamarlo "dottore", facendolo sentire un povero diavolo.

Qualche pezzo grosso, sottratto alla falce da un culo sfacciato, ogni tanto dimentica di essere a secco di poteri. Memore dei vecchi tempi, cerca di dare ordini. Contadini e cittadini, montanari e gente di mare scampati alla morte lo guardano come si guarda uno stupratore di bambini. Lui capisce al volo e non ci mette un secondo a chiedere scusa. Ma è dura perdere il vizio del comando.

Comandare gratifica ed esalta i meschini d'animo, gente inacidita e misera, che si sente inferiore alle formiche e per questo cerca il potere. Che non sono i soldi ma il comando. I meschini sono gli uomini peggiori del mondo. Vendicativi e crudeli, esercitano il dominio con cinismo e provano gusto a umiliare. Ai tempi dell'abbondanza, erano temuti e fintamente amati e rispettati. I subalterni, se avessero potuto, li avrebbero mangiati vivi. Invece stavano zitti. Al massimo dicevano signorsì. Pensavano che un giorno avrebbero preso loro il comando e, quindi, nel frattempo, conveniva subire senza inimicarseli. Adesso invece sono tutti pareggiati.

I capoccioni del mondo scampati all'inferno tengono la testa bassa e il corpo spezzato in due, sui coltivi. Finalmente sono umili, umiliati dalla sorte. La disgrazia planetaria ha tolto loro il comando costringendoli a piegarsi al silenzio. All'inizio non ci credevano, non volevano crederci. Poi si sono spaventati, poi terrorizzati, poi rassegnati. Ora sono contenti. Contenti di esser vivi e di sporcarsi le mani, facendo un lavoro che non sapevano nemmeno esistesse. E scoprono anche che palpare la terra, vederla infiorarsi di frutta li rende sereni. Prima, ai tempi dei combustibili e del comando, non erano mai sereni. Troppo impegnati a spadroneggiare, stavano sul chi vive nel timore perenne che qualcuno li scalzasse dal trono.

Così, mentre gli uomini di comando diventano umili e riscoprono la tranquillità d'animo, i rimasti vivi cercano di essere utili gli uni agli altri, senza la minima questione o la più piccola baruffa. Il mondo è migliorato, il carattere degli uomini pure. Non c'è nulla come la paura della morte per migliorare le persone.

9

Si cerca forza

In quell'immane campo di morte che è il pianeta privo di petrolio, si salvano esemplari di bipedi appartenenti alle più svariate professioni. Come sull'arca di Noè, dove furono introdotte coppie di tutte le specie animali, nell'arca della terra spopolata si salvano uomini e donne detentori di ogni mestiere. Quando il peggio è passato, e l'inverno ha aperto il suo pugno d'acciaio, ogni specialista rimasto in piedi cerca di porre il suo lavoro al servizio dell'umanità.

Ma non tutti i mestieri salvati tornano buoni alla sopravvivenza. Anzi, sono ben pochi quelli utili. Parrucchieri, disegnatori di moda, di auto, critici d'arte, letterari, televisivi, gastronomici, banchieri, consulenti d'affari e molti altri sono desolatamente inutili. Queste persone forse erano necessarie ai tempi d'oro, ora non più.

I mestieri di cui si onoravano non servono a nulla. Invece loro servono. Altroché se vanno bene! Come uomini di carne e ossa (più ossa che carne) si prestano a coltivare la terra. Ora si danno all'agricoltura loro malgrado. E scoprono che è bello. Molti sono intelligenti ma, ai tempi delle vacche obese, erano distratti.

Non pensavano alla natura, non l'avevano mai presa in considerazione. Compravano i prodotti al mercato o al negozio. O li facevano comprare dalle badanti senza riflettere che quel radicchio, quella verza, quel cavolo, quelle cipolle qualcuno doveva pur averli coltivati. Adesso hanno capito che con un praticello, qualche animale e un po' di legna, l'uomo può sopravvivere tranquillo e avere un sacco di tempo libero. Potevano averne anche allora ma, persi nella frenesia di fare, avere, sgomitare, rivaleggiare, primeggiare, il tempo libero lo seppellivano sotto gli impegni. E quando se ne ritagliavano un poco, era per lavorare il doppio nel gestire e manovrare gli oggetti a motore.

Governavano barche, moto, macchine e via discorrendo. Tutte diavolerie che regalavano al possessore l'illusione di divertirsi, e invece gli creavano ansia e timore. Se uno parcheggiava l'auto per andare al ristorante, temeva di non trovarla più e passava il tempo della cena a spiarla. Oppure aveva paura d'incappare in un incidente, danneggiare la moto, rovinare se stesso. Preoccupazioni, sempre preoccupazioni. Adesso che di quelle robe lì non vi è necessità e sono state in gran parte demolite per cavarne oggetti da fendere e rivoltare la terra, quelle inquietudini sono sparite. Adesso le preoccupazioni sono altre.

Fra le tante, il trovare fonti di energia per curare almeno i feriti o i malati o i bambini che nascono. Feriti ce n'è sempre. I superstiti delle città infatti stentano a imparare senza danni l'uso degli attrezzi. Ogni tanto salta una gamba o un braccio, si aprono sbreghi sulla carne.

Ingegneri, architetti, tecnici che hanno salvato la pelle, ora che si può tirare il fiato, pensano a ricreare un po' di energia. Magari con pannelli solari che già c'erano. O con mulini a vento o, alla peggio, riattivando qualche centrale nucleare.

Di centrali nucleari nel mondo ce n'erano quasi cinquecento. Quattrocentoquaranta in funzione, più di trenta in costruzione. Solo la Francia ne aveva circa sessanta. Erano state costruite negli anni del benessere. Appena gli uomini hanno cominciato a morire di fame le hanno bloccate. In ognuna c'erano un paio di persone, quasi sempre giovani, che venivano pagate a peso d'oro per non fare niente. Il loro lavoro consisteva nello stare ferme e aspettare che accadesse qualcosa. Il qualcosa era l'incidente. Se capitava un incidente alla centrale atomica questi qui avevano il compito di bloccarla immediatamente. Per farlo ci rimettevano la pelle, fusi dalle radiazioni. Ecco perché venivano pagati a peso d'oro senza fare un tubo. Erano lavoranti dell'ultima ora, il loro mestiere era morire. Intanto venivano stipendiati per mangiare, bere e riposare. Appurato che gli incidenti alle centrali atomiche capitavano rari come la pioggia verde, il loro impegno non era poi così male.

All'inizio della fine del mondo storto, le centrali atomiche vengono bloccate perché coloro che dovevano condurle iniziano a crepare di fame uno dopo l'altro. Poi muoiono anche quelli che le hanno bloccate. Adesso sono là, inerti mostri pronti a far danni.

Intanto stanno ferme, con il nucleo acceso che arde dormendo, come brace sotto la cenere. Degli ingegneri rimasti vivi qualcuno è specialista nel nucleare e vorrebbe rimettere in funzione qualche centrale. Poi lascia cadere l'idea. Ci vorrebbe personale specializzato, tutto diventa rischioso, meglio vedersela con acqua, aria, fuoco. Fare energia con le forze naturali è meglio, pensano i tecnici sopravvissuti. E così ci provano. Laddove serve un po' di corrente, per esempio negli ospedali, gli ingegneri superstiti piazzano alcuni pannelli solari cavandoli dai tetti dove stavano prima. O riescono a montare qualche ruota a vento, ma è tutto precario e provvisorio.

Allora, lungo fiumi, torrenti e cascate tornano a fiorire mulini ad acqua che fanno girare una turbina o fanno andare macine che frantumano granturco, frumento, cereali. Macinano anche castagne secche e ne viene una farina molto buona da fare polente. Una volta si viveva con la farina di castagne e di carrube. A seccarle ci hanno pensato i contadini rimasti, quelli che sapevano come fare.

E si è pronti a rimettere a cuocere la polenta. Se non c'è sale a portata di mano, lo si trova facendo evaporare l'acqua del mare. Ma non è necessario, si cuociono polente anche solo con acqua. Niente sale, è meglio perché fa male, dice qualche medico scampato alla fame.

Quando c'è da illuminare urgentemente qualcosa i superstiti usano le biciclette. Sistemate con le ruote alzate, si pedala dopo aver accostato la dinamo al copertone. Una luce giallastra nasce, cresce o rimpicciolisce a seconda del ritmo sui pedali. È poco, ma è sempre meglio di niente. C'è da dire che venti, trenta biciclette tutte insieme, danno una bella luce. E tengono allenati i pedalanti, di gambe e di fiato.

Da quando sono venuti a mancare i carburanti, i rimasti vivi si ritrovano magri, sani e allenati. Anche il cervello si allena. È come un muscolo, deve lavorare se vuole svilupparsi. E durante i mesi della morte bianca e nera, il cervello dei superstiti ha lavorato a pieno ritmo. Ha spremuto idee, soluzioni, tecniche di sopravvivenza. Si è allenato al massimo.

Altro vantaggio portato dalla fine del mondo storto è l'aver fatto muovere cervelli rattrappiti e bloccati dal benessere. In quei mesi di inverno da castigo, chi non inventava tribolava. Alla peggio crepava.

Bisogna dire che non tutti hanno fantasia inventiva ma, messi vicino a quelli che ce l'hanno, anche la loro si sveglia e cresce. Un tempo, quando le vite scorrevano facili, ognuno adoperava la fantasia per conto proprio, per personale interesse, sviluppo e successo. Adesso la deve usare in gruppo altrimenti se ne va all'altro mondo. In questo modo, anche i meno dotati, i poco intelligenti, i semitonti si svegliano. Tutti imparano, propongono, inventano.

La fame, all'inizio, isola gli uomini, li fa guardinghi, solitari. Chi ha qualcosa se lo mangia. Ma dopo, quando nessuno ha più niente, la disperazione li riavvicina, li fa lavorare assieme. Non per amicizia o affetto, ma per tornaconto. Gli uomini si riuniscono per convenienza, opportunismo, paura di schiattare. Quando tutto funziona, non si amano, si respingono, si combattono, si odiano. Sono invidiosi, insicuri, gelosi, vanitosi e code di paglia, vigliacchi e ruffiani. Bevono il caffè insieme e tramano di pugnalarsi alle spalle. Godono alle sfortune dell'altro.

«Nelle disgrazie dei nostri migliori amici, troviamo sempre qualcosa che non ci spiace affatto» disse uno scrittore. Specie se questi sono ricchi, o potenti. O hanno successo. Il successo non viene mai perdonato, viene chiamato fortuna da chi ne è privo.

Al tempo delle vacche obese gli uomini non erano affatto buoni. Neanche adesso lo sono, sono spaventati, il che porta a una forma falsa di bontà. A pancia piena però l'uomo è peggiore, ha più vizi. Adesso che non ha più nulla è sparito almeno il vizio di alimentare pettegolezzi e cattiverie. Non ci son neanche più potenti caduti in disgrazia dei quali godere. Sono caduti tutti, potenti e poveri diavoli, nella stessa pignatta.

Non c'è più tempo per odiare né voglia di fare del male. La sopravvivenza esige unità e spazza via i sentimenti meschini. Ma non li distrugge. L'uomo li mette al sicuro nella testa. Non si sa mai che tornino tempi migliori. In quel caso, i cattivi propositi verranno di nuovo utili, meglio averli pronti in deposito.

Così ragionano i sopravvissuti, mentre cercano di prolungare la vita inginocchiandosi sulla terra. Preti e cardinali, vescovi e prelati scampati alla morte sono diventati essenziali anche loro, per lavorare i coltivi. Non hanno più croci penzolanti al petto né anelli vistosi alle dita. Gli anelli si sfilerebbero tanto sono pelle e ossa le loro mani. E poi, perché portare in giro peso inutile? In quelle condizioni, anche il peso di una farfalla farebbe crollare un uomo. Le energie rimaste vanno impiegate con oculatezza. C'è da coltivare i campi, governare gli animali, procurare acqua. Non portare in giro pesi inutili è segno di saggezza. Senza nulla togliere a croci e anelli, ora non è il caso di trascinarli a spasso.

Questo lo hanno capito subito, i ministri del Signore rimasti in vita. Hanno cavato anche la tonaca, vanno in giro con braghe lunghe o corte come uomini normali. Sono uomini normali e come tali danno una mano a ricostruire la forza della vita.

Mangiano senza farsi il segno di croce o recitare preghiere di ringraziamento. Quelle erano pratiche di quando stavano bene. La fame fa dimenticare tutto, per primi i gesti di fede. Più che dimenticare, fa accantonare. Se cambia ricominceremo a pregare, pensano. Il bisogno estremo, la debolezza, lo spettro della fame e della morte, rendono essenziali movimenti, gesti, sentimenti e fedi. Si gioca al risparmio. Le forze vanno impiegate per far crescere i frutti della terra, per trovare l'acqua, accudire gli animali.

Intanto avanzano i giorni, i frutti sono maturi, all'orizzonte si vedono le spighe crescere, muoversi solenni come onde pacifiche. Presto sarà tempo di raccolti. Ma già si sono divorati i primi frutti venuti in avanscoperta, verdure cresciute in fretta, radici, erbe, foglie commestibili.

Fa caldo, nelle città si bolle, non ci sono condizionatori d'aria o aggeggi che pompano il fresco. La gente si ripara negli androni dei palazzi abbandonati, nelle chiese ombrate di frescura e silenzio. Ma, c'è da dire, il caldo non abbatte più come ai bei tempi. Ora la gente rimasta è diventata magra, tirata, ossuta. Regge impassibile la calura come le canne reggono il vento.

Nelle ore mattutine lavorano i campi. In quelle serali tornano ancora alle colture. In questo modo cercano la forza fisica e morale degli antichi avi e la trovano nella terra, nelle pinete lungo le coste dove raccolgono legna, nei boschi dove tagliano alberi per l'inverno, sul mare dove vanno a pescare con le barche a vela che un tempo furono il passatempo dei milionari. I giorni diventano meno duri, la speranza torna a consolidarsi, la vita mette il piede sulla testa della morte.

Ma la morte non ci sta e ogni tanto si scrolla la vita da sopra. Succedono incidenti sul lavoro, arrivano polmoniti, malattie improvvise che nessuno riesce a debellare. I medici scarseggiano, è sempre difficile trovarne uno. In città i pochi rimasti stazionano negli ospedali che ormai sono per metà fattorie. Ma se qualcuno si ferisce lontano chilometri, prima di arrivare a uno di questi ospedali-fattorie, ha tutto il tempo di crepare. E se arriva, magari ha già un'infezione avanzata e crepa lo stesso. Non ci sono ambulanze né antibiotici, niente di niente. O va dritta o va storta. La morte bianca e nera offre due possibilità: o vivi o non vivi. Tutto è diventato semplice, non esiste più la via di mezzo.

Per questo i sopravvissuti hanno riscoperto una qualità dimenticata, cancellata da migliaia di oggetti che un tempo rendevano la vita facile e protetta. Hanno ritrovato la cautela. Sanno che ferendo il corpo li attendono rogne, perciò pongono mille occhi a vigilare su quello che fanno. Si riparano dalle correnti d'aria per schivare malanni portati dagli spifferi. Insomma usano accortezza.

Ma riprendere l'antica forza e il perduto uso delle mani non è facile. Non è facile imparare in pochi mesi ciò che si è smarrito in anni di pigrizia. O che nemmeno si è conosciuto. Per questo, nonostante le mille attenzioni, gli incidenti accadono e le malattie aggrediscono. Le malattie si presentano puntuali perché, come gli uomini hanno perduto l'uso delle mani, allo stesso modo i loro corpi hanno dimenticato la capacità di difendersi con le proprie risorse. Anche ai tempi d'oro si ammalavano, ma c'erano le medicine che li guarivano. A furia di pasticche e di comodità, sono diventati corpi senza anticorpi. E adesso pagano dazio. Però, un po' alla volta, stanno ritrovando brandelli dell'antica tempra che selezionava i loro avi proteggendoli. Il più forte viveva. Ma è un recupero lento, pieno di inciampi. Ogni ritorno, ogni passo indietro ha bisogno di martiri, eroi e morti.

La Terra, dal canto suo, non perdona chi l'aveva

maltrattata, rovinata, inquinata, distrutta. Non che si voglia vendicare. La Terra non si vendica di niente, e non gioca scherzi. Se ne sta lì, impassibile, lasciando fare agli uomini. Ma quando è stata svuotata, offesa, abbandonata, rivoltata sottosopra per ricavarvi più soldi, non dà più niente.

C'era da immaginare che il petrolio non sarebbe durato in eterno. Né il carbone né il gas. E che a causa dell'ingordigia e dell'arroganza umana il mare avrebbe finito per essere troppo inquinato, il cielo pure, e l'aria da respirare sarebbe presto diventata velenosa. La Terra non ammazza nessuno, è stato l'uomo a determinare la propria rovina e l'ha fatto incautamente, stupidamente. E c'è riuscito. Ma qualcuno è rimasto per capire quanto l'umanità intera è stata superficiale, ignorante, e stolta.

Adesso i sopravvissuti guardano l'orizzonte dove ondeggiano le spighe, sperando di arrivare a mieterle. E ci arriveranno, il peggio è passato. Ma la paura di tirare le cuoia non è finita. Ancora non si è consolidata la certezza di sopravvivere. Anche se l'orrore è alle spalle, la morte gira intorno, fascia il pianeta come una sciarpa gelida. Meglio evitare mosse incaute, entusiasmi eccessivi. O abbassare la guardia e rallegrarsi prima del dovuto. Il tempo della sicurezza verrà, forse dopo la mietitura tornerà l'equilibrio. Si avrà farina, pane, polenta, focacce. Gli animali ci sono, le verdure anche, il cerchio si completa. Ma occorre partire da zero, pagare il debito, riparare l'errore, scontare la pena. Ah Signore benedetto, quanto siamo stati sciocchi, cosa abbiamo combinato!

In questo periodo di morte e patimenti, non è facile nemmeno riprendere i rapporti sociali. I sopravvissuti hanno perso amici, compagni, parenti e conoscenti. Hanno dovuto ripartire da zero anche nel cuore. Farsi amici nuovi, che all'inizio altro non sono che i vicini di lavoro e di sventura. È stato come nascere di colpo un'altra volta in un nuovo mondo. All'inizio i superstiti si chiedono che senso abbia continuare a vivere senza più affetti. "Meglio crepare anche noi" pensano. Poi l'istinto di conservazione, la voglia di vedere ancora altri giorni prevalgono sulla morte. Si mette via il dolore, si stringono i denti, si controlla la paura, e si riparte ogni mattina da quello che resta.

Ci si accorge così che la Terra si rigenera, si pulisce, si disintossica dai veleni che l'uomo le aveva fatto ingerire. Il cielo dei sopravvissuti è limpido, pulito, terso. Nelle città chi alza la testa di notte vede le stelle. Chi non la alza ne sente lo sguardo, e vede riflettersi nei fossi la luce della luna.

E poi c'è silenzio. All'inizio il silenzio impressionava, ora fa da balsamo al cervello, da ninna nanna al sonno dei vivi. La gente rimasta ha imparato ad apprezzare il silenzio. E a stare ferma. Quando non lavora per sopravvivere, sta ferma a non far altro che guardarsi intorno. Prima, quando le cose andavano bene, tutti vivevano come api in sciamatura. Conducevano esistenze frenetiche, di corsa, in ansia di non arrivare in tempo. E sempre incazzati. Se fermavi l'auto a un semaforo e non ripartivi entro mezzo secondo, venivi subissato di clacson. Per poi ricevere insulti e minacce. Era un mondo di pazzi, arrabbiati e violenti. Si ammazzavano per un parcheggio, a coltellate, pistolettate, botte. Se incautamente lanciavi un'occhiata alla morosa di un altro, rischiavi di venir massacrato a calci e pugni.

E poi c'era quello stare mai fermi, quella frenesia

che annientava senza scampo la pace. Anche i miseri, i barboni, in qualche modo erano sempre trafelati. Ricchi e poveri non si rendevano conto del vortice in cui erano caduti. Il peggio consisteva proprio in questo, non erano per nulla consapevoli di correre troppo. C'era gente piena di soldi che avrebbe potuto godersi la vita, campare in pace, leggere, fare passeggiate, stare con i propri figli, spiare i giorni, evitare impegni. Invece niente. Correvano di qua, correvano di là, per l'Italia, l'Europa, il mondo. Pigliavano aerei un giorno sì e un giorno anche. Consumavano la vita in aria, negli uffici, negli affari, senza accorgersi che invecchiavano privandosi della cosa più bella, la tranquillità. Salvo poi ammalarsi di qualche tumore che, inesorabile, li poneva di fronte alla loro stoltezza.

A quel punto cercavano di recuperare vita, tentando di fare quel che gli sarebbe piaciuto e non avevano mai fatto. Ma ormai era tardi. La malattia grave, quella che non dà scampo e disfa i corpi e li annienta, ha un solo merito: apre gli occhi agli stolti mettendoli davanti alla loro sciocca follia. La malattia mortale toglie i veli al nostro crederci nel giusto. Solo quando ci restano al massimo un paio d'anni di vita, ci vengono davanti le cose importanti trascurate, perdute. Allora ci accorgiamo di quanto sarebbe stato bello camminare a piedi in un bosco, stare con i figli, con gli amici, leggere un libro, guardare il mare, bere un calice di vino prendendoci il tempo necessario.

Il tempo! Quando esistevano i carburanti si era perduto il tempo come un portafoglio per strada. Si correva dietro a migliaia di impegni e cose inutili. Il tutto per avere roba in più, soldi in più, un certo benessere, capi firmati. Auto di lusso, donne fatali. Per contro, c'erano poveri, derelitti, miseri e disperati. Anche loro correvano, s'affannavano nella strenua ricerca di un pasto al giorno. Adesso quella corsa si è fermata. Tutto ciò che rimane sul pianeta, compresi i superstiti, ha rallentato il passo.

Le famose "P" dell'epoca frenetica sono scomparse. Progettare, produrre, programmare, prevaricare, progredire, promuovere, primeggiare, prostituire, promettere, prelevare e milioni di altri verbi sono spariti.

Ora, nel tentativo solenne e silenzioso di resistere e durare a lungo, tra i sopravvissuti trionfano le "A". Arrangiarsi, arrabattarsi, arrampicarsi, arrancare, arrivare all'indomani e via di questo passo.

Ma, nello sforzo collettivo di chi è rimasto in vita, non prende piede la parola "arraffare". Parolina all'ordine del giorno ai tempi buoni. Arraffare stava in cima al vocabolario, era l'undicesimo comandamento, il sogno di tutti. Arraffare ricchezza, potere, visibilità, plance di comando, sesso.

L'istinto di arraffare è scomparso. Non perché la morte bianca e nera lo abbia estirpato dalla mente dei superstiti. Quella propensione è incisa nel Dna dell'uomo, nessuno gliela può togliere. Però può essere sopita, accantonata, messa a dormire. Questo succede nelle situazioni estreme, quando all'orizzonte avanza la prospettiva di un disastro collettivo. Come nell'inverno della fine del mondo storto. All'inizio il vecchio istinto ebbe la meglio e tutti cercarono di arraffare. Poi, i rimasti vivi capirono che per farcela occorreva collaborare, donare, aiutare, e la bieca tendenza fu messa da parte.

Ora nessuno arraffa più, non gli conviene. Primo, se lo beccano viene fatto fuori. Qualche mese prima, sarebbe stato mangiato. Secondo, arraffare non avrebbe senso. Quello che c'è è a servizio e portata di tutti. E non c'è uomo o donna, giovane o vecchio che non si dia da fare per creare, costruire e produrre quello che manca. Tutti collaborano. Senza capi, comandanti o dirigenti. Non esiste più nessuna gerarchia. Al massimo ci sono i buoni esempi, i consiglieri, gente che meglio di altri sa fare qualcosa. Si tratta soprattutto di contadini e montanari. Quelli che sanno di terra, di legno, di verde, di muschio.

Piano piano la speranza riempie l'animo dei sopravvissuti. E anche la forza fisica, messa a dura prova dal freddo e dalla fame dell'inverno, ritorna. Ora, il caldo dell'estate, il lavoro, il muoversi a piedi, il mangiare poco hanno reso i superstiti essenziali, selezionati, sani. Come i predecessori centocinquanta anni prima, hanno messo dentro il loro corpo quella tempra naturale che è propria degli animali. E nella testa hanno fatto crescere la sicurezza e la serenità della rassegnazione, del non pretendere nulla, dell'accontentarsi di stare al mondo adoperando i giorni nella tranquilla ricerca di vita. E la sera stanno a guardare lontano, immaginando un mondo migliore, in perfetto accordo con il pianeta che è rimasto.

È questo l'uomo nuovo che si è formato dopo l'inverno della paura. A essere precisi, non è nuovo, è solo stato costretto a tornare indietro a cercare il simile dei tempi antichi. È entrato nel suo corpo, nella sua mente, gli ha rubato i segreti del vivere in armonia con la natura. Adesso c'è riuscito, ma a quale prezzo! L'uomo dei tempi antichi, dai mondi remoti e sconosciuti dov'è finito, se la ride e si sfrega le mani. Finalmente vede il suo simile tornare indietro e, piuttosto di corsa, diventare umile, semplice, naturale.

Bastonato e spaventato quanto basta per non fare

più cose stupide, l'uomo rimasto riflette prima di agire. Ma a questo punto cose stupide non può farne o ci lascia la pelle. Nelle nuove terre estreme dell'esistenza, occorre gestire quello che resta. In poche parole, lavorare con occhio attento o succederà l'irreparabile. Quell'irreparabile che ha già tolto di mezzo quasi l'intera umanità, con tutte le sue difese. Adesso si muore per inezie: un colpo di sole, una ferita infetta, una corrente d'aria. C'è da dire però che la penuria di cibo, l'andare a piedi, il continuo lavoro manuale e, non ultimo, il giornaliero tener lontana la morte con ogni mezzo hanno reso i superstiti quasi immuni dagli acciacchi che si portavano addosso al tempo delle vacche obese.

I malanni indotti dal benessere, dal troppo cibo, dalla noia, dalla frenesia sono scomparsi. La paura di non farcela e di schiattare anzitempo scatena negli uomini la massima applicazione. Il cervello non pensa ad altro che a sostenere il corpo. Ecco allora che vecchie scorie croniche, malattie psicosomatiche, ansie ipocondriache, lamentele e paranoie, i rimasti vivi se le sono scrollate di dosso come il cane si scrolla l'acqua dal pelo.

Non c'è tempo per i piagnucolii. Non c'è bisogno dello psicanalista. La gente scampata alla fine del mondo storto ha guarito da sola i mali della propria psiche. La fame guarisce tutto, perfino i pochi matti sopravvissuti sono migliorati. Non fanno più cagnara, né danno in escandescenze, né si abbandonano a sceneggiate. E nemmeno sono violenti. La fame ha placato i loro istinti. Assieme agli spiriti bollenti, ha eliminato stramberie e violenze.

Ora i matti lavorano. Lavorano eccome. Del vecchio male è rimasto il silenzio. Infatti stanno più zitti dei savi. La morte bianca e nera ha imposto silenzio creando fantasia. Fantasia di sopravvivenza. In pratica ha sviluppato nuove risorse. Ha cavato dagli uomini capacità che nemmeno immaginavano di avere.

La fine del mondo storto ha reso i superstiti antichi come gli uomini primitivi e, come tali, dipendenti soltanto dalla natura e dalle proprie forze. Cercate disperatamente e ritrovate velocemente. Dopo la grande ecatombe che ha fatto fuori quasi l'intero pianeta, sono riapparse queste forze perdute ormai da molti anni, e credute scomparse per sempre.

10
Le messi

Intanto è venuto il tempo di mietere. Finalmente i superstiti hanno ciò che mancava a chiudere il cerchio: frumento, granturco, orzo, segale, ceci, lenticchie, riso e tutta la gamma di prodotti che servono alla sopravvivenza. Adesso la lista è completa, non manca nulla, occorre soltanto darsi da fare tra campi, spighe, pannocchie, risaie, orti. In ogni francobollo di terra preme alla luce la roba da mangiare.

Si deve fare tutto a mano, spiga dopo spiga, ciuffo dopo ciuffo, zolla per zolla. Ma la gente ha tempo da vendere. Non serve fretta per arrivare a sera. A sera si radunano nelle piazze delle città quasi deserte, accanto ai falò, a discutere, pensare, decidere come fare certe cose e certe altre. Ognuno dice la sua aspettando educatamente che l'altro finisca di parlare. Non si sovrappongono le voci come ai tempi dei salotti tv, quando torme di buoni a nulla, maleducati e privi di qualsivoglia idea, ululavano tutti insieme come branchi di lupi alle radure. Ora la fame ha reso gli uomini rispettosi.

È una grande maestra la fame, impartisce lezioni di vita senza aprire bocca. Per questo i rimasti vivi, timorosi della morte, adesso si rispettano l'un l'altro. Lo spettro della fine li tiene a freno, li modera, li fa riflettere. Non c'è nulla come la fame per migliorare le persone. Ma deve essere fame collettiva, planetaria, totale. Come quella che ha decimato l'umanità durante l'inverno. Finché colpisce solo una parte di popoli, l'uomo non migliora. Occorre essere tutti uguali, tutti sulla stessa barca, la barca della miseria, dell'indigenza. Meglio ancora se la barca sta per affondare. Allora sì che l'uomo migliora. Ma è sufficiente che un solo individuo abbia una pagnotta in più di un altro e si ritorna al disequilibrio. E con esso tornano differenze e diffidenze. Se questo individuo, poi, di pagnotte ne ha montagne e le distribuisce a simpatie personali, crea attorno a sé un esercito di fedelissimi che gli permettono di diventare potente e comandare.

Un tempo popoli interi, stremati dalla fame, si sono sottomessi a qualche capo per un tozzo di pane.

Ma ora non è più così, dappertutto circola l'aria dell'uguaglianza e il mondo risplende pulito e lucido, circondato dal silenzio e dalle cose essenziali.

Intanto, nei campi, spighe e pannocchie ondeggiano, cambiano colore, si fanno dorate, mature. È tempo di raccogliere quel bendidio che, assieme agli animali e alle verzure, rappresenta tutto ciò che serve alla vita. Altro non è necessario se non un po' di fuoco e un po' di acqua.

Nell'acqua è nato e cresciuto il riso seminato a primavera. Si è dovuto far la semina a mano. Pochi sapevano far crescere il riso, ora lo sanno tutti. Tutti quelli avanzati alla morte che calpestano la terra silenziosa, in pochi mesi, sono diventati contadini esperti. Hanno imparato che il seme del riso, il risone, prima di essere piantato deve venire ammollato, per evitare che galleggi. Il terreno per la coltura occorre spianarlo, livellarlo e dividerlo in vasche basse, dette camere, circondate da piccoli argini di terra alti trenta-quaranta centimetri. Le camere vengono allagate dopo la semina. Ma, prima ancora, bisogna preparare la terra, spaccarla, sminuzzarla, renderla accogliente come un grembo materno.

Tutto questo è stato fatto a mano, con vanghe, badili, rastrelli e zappe. Lo stesso per frumento, granturco, orzo, miglio, ortaggi e tutte le piante coltivate in quell'estate di salvamento. Ma il riso richiede maggior lavoro e attenzione. Il riso è come un bambino, va seguito, accudito, controllato, educato. E liberato dalle cattive compagnie mediante il diserbo. Operazione fondamentale, giacché le alghe e le piante infestanti crescono con rapidità. Poi bisogna passare a ulteriori lavorazioni, assai lunghe e complicate. Il tutto fatto a mano, non ci sono macchine per sbramare, sbiancare, brillare. Ci vuole tempo, ma il popolo di contadini rimasti di tempo ne ha da vendere.

La fine dei combustibili ha regalato pazienza ai sopravvissuti. Pazienza e amore per la natura. Sanno che ogni azione, ogni movimento, ogni scelta serve a campare, perciò ci mettono impegno, passione e affetto. E scoprono che il tempo adesso va di fretta. E allora, in quella fine d'estate, quando i rimasti vivi hanno la certezza che il peggio è passato, per la prima volta si mettono a cantare. Vanno a mietere intonando di nuovo i canti che rendevano allegre le giornate centocinquanta anni prima. Cantano a bassa voce, timidamente, sommessamente. Come a non voler esagerare per timore di fare il passo troppo lungo e che tutto crolli di nuovo soffocando i canti nella paura. Ma cantano, ed è un buon segno.

Le mietiture proseguono adagio. Si miete a mano, con le falci, come nei tempi antichi. Le spighe di riso vengono fatte essiccare al sole, poi battute sul terreno o su graticole di ogni tipo. I chicchi ricavati si spulano gettandoli in aria con dei pianali di lamiera bucherellata. In questo modo il vento porta via la pula, leggera.

Sembra di essere tornati al mondo arcaico. In giro si vedono immagini di biblica memoria. Sono riapparse sui campi figure che procedono a schiena curva, con stracci sulla testa a proteggerla dal sole. Le donne, accovacciate sui coltivi, estirpano erbacce. I mietitori falciano le spighe mature.

Prima della fine del mondo storto, sui campi e sui prati rumoreggiavano le macchine agricole come enormi coleotteri inquieti e traballanti. Ora, di quei mostri non risuona più la voce, né si vedono le forme. Molti sono stati smontati, disfatti, demoliti per cavarne pezzi da usare come utensili e attrezzi da lavoro. Tutto è tornato utile in quei mesi di spogliamento.

Anche vigne e vigneti, all'inizio trascurati per dedicarsi alla coltivazione di frutti più impellenti, ora vengono guardati con occhio interessato. L'uva è matura, venuta su allo stato brado, senza cure particolari. Senza potature, diserbanti, concimi, solfati di rame e zolfo. Adesso l'uva è meno prorompente, gli acini sono meno panciuti e turgidi. Anzi, sono quasi striminziti, battuti da grandine e parassiti. Ma sono sempre grappoli e i superstiti pensano al vino. Però, prima del vino, deve esserci il pane. Solo dopo aver pensato ai cereali e alla farina ci si dedicherà alla vendemmia e alla pigiatura. Allora, quando ci saranno pane e vino, la messa della vita potrà finalmente avere inizio. E completarsi con altri prodotti che i sopravvissuti hanno fatto nascere dalla terra con paziente lavoro.

Spaccandola, aprendola, seminandola, curandola, abbracciandola, l'hanno resa fertile e generosa. Questa li ricompensa sfamandoli, proteggendoli, salvando loro la vita. È la terra che nutre l'uomo, non l'industria.

Durante il tempo del benessere, lo sbaglio fu proprio quello: le nazioni più avanzate puntarono tutto sull'industria a scapito dell'agricoltura. Nemmeno la scuola fu attenta a questo problema. Anzi, lo ignorò completamente. Continuò a insegnare tecnologie di ogni tipo, l'uso di computer e altri marchingegni. Insegnò a fare ponti, strade, palazzi, città, automobili e via di questo passo. Insegnò tutte le lingue del pianeta tranne quella della terra, che da tempo mandava avvertimenti. Erano grida d'allarme. La terra domandava attenzione, avvertiva l'uomo che stava camminando su un sentiero sbagliato. E pericoloso. Ma quello non ascoltava, continuava a produrre cianfrusaglie, molte del tutto superflue. Continuava ad avanzare verso il baratro, finché lo raggiunse.

La scuola avrebbe dovuto occuparsi anche dell'agricoltura, invece non la considerava nemmeno. Sarebbe stato accorto, e intelligente, mandare nelle scuole contadini, artigiani, guide alpine che educassero i ragazzi a usare le mani e il cervello. Di pari passo alla tecnologia sarebbe stato utile insegnare a fare un orto, a seminare i campi, ad allevare gli animali. Ad accendere il fuoco, selezionare la legna, fare un cesto, pulire la stufa. A non perdersi nei boschi, non cadere dalle montagne, non confondere la campagna con il deserto. Ma nessuno, né ministri né educatori, si era mai sognato di inserire nei programmi scolastici questi saperi essenziali. La lingua della terra era stata abbandonata per strada, lasciata indietro a beneficio di materie che parevano indispensabili. E forse in quel momento lo erano, ma qualche brandello di tempo si poteva ben dedicarlo alla vecchia arte agricola. Invece niente.

Intanto la gente ingrassava, perché tutto il progettare del mondo era mirato a eliminare la fatica. Le case erano invase da centinaia di oggetti elettrici atti a cancellare nell'uomo ogni sforzo. C'erano pelapatate, sbattiuova, mescolapolente, spremiagrumi, grattaformaggi, coltelli elettrici, ascensori, porte che si aprivano da sole, rubinetti che davano acqua senza toccarli. E ancora: finestrini di auto che si alzavano da soli, poltrone semoventi, impianti di risalita per raggiungere le vette, e milioni di altre cose scansa fatica. Non ultimi, i famigerati decespugliatori detti rasaerba.

Senza parlare del fatto che gli uomini non facevano più nemmeno un metro a piedi. Fare quattro passi per portare i figli a scuola diventava un'impresa, perciò usavano la macchina. Così anche i bambini diventavano grassi. Tutto diventava fuori misura. Gli animali da macello dovevano rendere il triplo perciò li ingrassavano il triplo per avere tripli soldi. Insomma, dove c'era benessere era tutto abnorme. E là dove imperava la miseria, anche quella era abnorme.

Ai tempi dell'abbondanza la ricchezza, al pari dell'ignoranza, era mal distribuita. L'umanità si divideva in due categorie: chi aveva e chi non aveva. In quegli anni di comodità, una ventina di uomini detti "grandi della Terra", quasi tutti in sovrappeso, si riunivano ogni tanto in rinomate località turistiche per discutere della fame nel mondo. E della sete. Mangiando e bevendo portate faraoniche sfornate da cuochi sopraffini, dicevano, con quattro giorni di chiacchiere, di voler risolvere la fame e la sete del mondo.

Forse sarebbero stati più credibili se per coerenza avessero osservato un severo digiuno. Invece degustavano cibi e vini che una persona normale non avrebbe osato nemmeno sognare. Ciò non significa che, praticando il digiuno, avrebbero risolto il problema, ma almeno avrebbero dimostrato qualche rispetto verso i popoli morenti d'inedia. Invece niente. Prima si rimpinzavano per bene, poi davano da mangiare ai poveri montagne di chiacchiere.

Sempre gli stessi si riunivano per eliminare il surriscaldamento del pianeta, i gas che soffocavano il cielo, l'inquinamento della Terra e altre ombre pesanti che minacciavano l'umanità. Era chiaro che non approdavano a nulla. Da nessuna parte la situazione migliorava di una virgola dopo quei blasonati raduni. A fronte delle loro chiacchiere, la Terra seguitava a invelenirsi e i miseri a crepare di fame. Tutto questo perché per un verso si radunavano a fin di bene, per l'altro continuavano a incentivare l'industria, il turismo, le banche, le guerre senza spezzare un fiammifero in favore dell'agricoltura.

Dell'agricoltura non fregava un cazzo ai così chiamati "grandi della Terra". Ma erano poi davvero grandi? O detenevano soltanto la grandezza del potere? Proprio così. Avevano solo quello, e la sua forza era di molto superiore a quella dei soldi. Un milionario spocchioso e maleducato, infatti, lo si poteva anche mandare a cagare, questi no. Questi erano investiti della sacra immunità del potere, che li rendeva simili ai papi. Per cui dire loro che erano dei buoni a nulla (come in effetti erano) o altre paroline appropriate, comportava sempre qualche rischio. Di querele o di minacce da parte dei numerosi servi e parassiti che razzolavano, umili e sottomessi, nei loro cortili. E questi servi, a loro volta, sottomettevano quelli di grado più basso, in una gerarchia discendente interrotta soltanto dalla categoria dei barboni. Quelli, non essendo foraggiati da nessuno, potevano tranquillamente mandare in mona chicchessia. Ma non lo facevano mai. Avevano altro cui pensare, inoltre erano dignitosi e non si abbandonavano a insultare gli altri.

Certo c'è da dire che, ai tempi d'oro, anche tra barboni e derelitti nascevano litigi e incomprensioni. Ma succedeva per un posto letto sul marciapiede, o un bidone d'immondizia da ispezionare. Erano guerre di sopravvivenza, baruffe a budella vuote, come cani affamati che s'azzannano per l'osso. A quei tempi regnavano ovunque competizione e risse.

Ora il caos è finito. I sopravvissuti, di ogni categoria, sono diventati saggi, silenziosi e calmi. E, miracolo della morte bianca e nera, tutti uguali. Sono tutti contadini alle prese con badili, zappe, falci, verzure, spighe e pannocchie, animali, vento, acqua e sole.

Intanto avanza la mietitura. Tutto quanto ha messo fuori il muso dalla terra è raccolto con passione, attenzione e metodo. Si pestano i chicchi di cereali in mortai improvvisati, usando contenitori di ogni specie. Ma ci sono anche mulini a vento che funzionano e mulini ad acqua sorti lungo fiumi e torrenti. Si fa il pane cuocendolo tutti insieme sotto la cenere dei falò.

Sta tornando prepotente l'impiego diretto della natura, di tutti quei materiali che si possono adoperare subito, senza bisogno di procedimenti elaborati o perdite di tempo. Il legno è uno di questi. Gas, carbone e corrente bisogna invece produrli, estrarli, condurli. Il legno è lì, basta tagliarlo, e accenderlo.

Si riprende a rispettare gli alberi. Boschi, pinete, siepi, cespugli, pioppeti sono tenuti da conto come reliquie. Si taglia il giusto, rigorosamente con asce e ronche e nello stesso tempo si piantano alberi per non rimanere senza. I contadini insegnano che certi alberi, tipo pioppi, salici e ontani, in tre, quattro anni sono già commestibili, pronti per essere mangiati da forni e stufe, per fare calore e cuocere cibi. E tenere compagnia.

Il fuoco tiene compagnia. Con le sue chiacchiere di fiamme rende allegri più di quanto non faccia un gruppo di amici. Spesso, infatti, questi sono lamentosi e noiosi. Il fuoco mai, dice sempre cose belle, allegre e giuste. Anche questo hanno scoperto i rimasti vivi: la forza fisica e morale del fuoco.

Nelle città diventate campagne, i superstiti si riuniscono tutte le sere in gruppi raccolti attorno ai falò. Chiacchierano, fanno progetti, propongono soluzioni, idee, cambiamenti. Tutto ciò che pare buono a migliorare l'esistenza di scampati alla morte viene bilanciato, valutato e deciso in compagnia dei fuochi. Visto che i pericoli maggiori sono sconfitti, e la fame e il freddo non fanno più paura e c'è parecchio tempo libero, attorno ai falò si riscopre il dialogo.

Si verifica quel che successe cinquecento anni prima dell'era cristiana nella Magna Grecia. Quella volta prese forma l'attività più bella che abbia mai rallegrato l'umanità: la scoperta del dialogo. Un manipolo di uomini prese l'abitudine di conversare. E la portò avanti parlando, persuadendo, dissentendo, confutando e ragionando senza scrivere una riga su alcuna superficie. Adesso è di nuovo così: attorno ai falò i rimasti vivi conversano. Del resto, quando non lavorano alla sopravvivenza, non c'è altro da fare che muovere la bocca, chiacchierare, discutere, raccontare.

Ed è proprio lì, di fronte alle fiamme della sera che,

una volta acquisita certezza dello scampato pericolo, gli uomini iniziano timidamente ad avanzare desideri che la morte bianca e nera aveva cancellato. L'uomo, senza nemmeno accorgersene, torna a essere quel che è sempre stato: una creatura perennemente insoddisfatta che non sa vivere in pace.

Ora che ha di nuovo pane, carne, frutta, verdura e tempo libero, vuole qualcosa in più. Comincia a dare spinta all'inizio di un'altra fine. E non se ne rende conto, la lezione non è servita.

11
Si tira avanti

Una volta che i sopravvissuti capiscono di essere fuori pericolo, cominciano a ragionare diverso da come avevano ragionato durante l'inverno del castigo. Nei mesi che erano seguiti non avevano mai osato aprire bocca, fare discussioni, baruffe, mettere in dubbio, ficcare i bastoni tra le ruote, brontolare, lamentarsi, pretendere, arrabbiarsi. E nemmeno avevano sognato cose che andassero oltre un pasto al giorno, una scodella d'acqua e un po' di fuoco. Men che meno era passato loro per la testa di ambire alla "roba" come un tempo. Si ricordavano bene che quando la vita andava a pieno regime ci si ammazzava per la "roba": eredità, soldi, campi, case, patrimoni. I beni terreni cambiavano il carattere alle persone. Il male del pianeta in passato era stata la roba. Tutto nasceva da lì, dalle guerre agli omicidi alle risse famigliari.

La roba: quel valore eccessivo dato alle cose materiali che impediva di vivere in santa pace. Quel traguardo che rubava tempo libero e vietava di sedersi, stare a guardare e godersela.

Purtroppo sta nella natura dell'uomo il voler avanzare, cercare, avere di più, coprirsi di roba senza accorgersi che così si creano solo problemi. Più si ha, infatti, più si deve difendere, gestire, controllare, salvaguardare. La tanto bramata roba crea ansia e malessere.

L'unica cosa che sarebbe stato saggio accumulare erano le soluzioni per sconfiggere malattie, fame, miseria. E, non da ultimi, l'esperienza, l'esercizio manuale, il contatto con la terra e con la pratica di coltivarla. Tutti, nessuno escluso, avrebbero dovuto acquisire sapienza di terra di animali, imparare a condurre le forze della natura a favore dell'uomo. Invece tutti a investire in tecnologia, industria, mercati esteri, a produrre ogni bendidio, automobili, macchinari e mille diavolerie. Lanciati alla forsennata conquista dell'inutile.

Bisogna dire che, ai tempi d'oro, lo studio per sconfiggere le malattie più gravi faceva buoni passi. Ma c'era sempre qualche bacchettone moralista che frenava la ricerca accampando motivi etici e tirando in ballo Dio. Quando però questi moralisti erano ricchi e potenti e toccava a loro ammalarsi, facevano di tutto per farsi operare nelle cliniche più all'avanguardia del pianeta. Papi e re compresi.

Questi e altri, che non è il caso di elencare o mai si finirebbe, erano i mali della Terra prima dell'inverno da castigo che decimò il pianeta.

In quei primi gelidi mesi, la fine dei combustibili aveva messo il mondo in pari, aveva fatto giustizia di abusi e differenze, di orpelli e cose inutili, di sciocchi e intelligenti, di ricchi e poveri, di ingenui e di furbi. La gente rimasta doveva fare i conti ogni ora con la morte, con la ricerca di cibo, con il produrne, con l'accendere un fuoco e il procurarsi legna. Doveva trovare il coraggio di non perdersi nella disperazione e finire nell'abisso.

All'inizio della morte bianca e nera, non si pensava ad altro che a sopravvivere minuto per minuto, senza pretendere una paglia in più di quel che serviva a restare in piedi. Un pugno di cibo qualsiasi, un po' d'acqua, una fiamma e un riparo sulla testa diventavano Dio Ripari sulla testa se ne trovavano a iosa, le città erano deserte dal momento che la gente che vi abitava era morta quasi tutta. Si potevano vedere ville di milionari scomparsi invase dalle erbacce o da qualche sopravvissuto che, prima, manco poteva passarci davanti senza essere allontanato in malo modo dalle guardie del padrone. Qualcuna di queste regge è ancora abitata dal proprietario, scampato per puro culo alla morte. Ma la piscina è vuota. Anzi, è piena, ma non di acqua, di terra. I rimasti l'hanno riempita e ne hanno fatto un orto.

Tutto quello che ai tempi dell'abbondanza serviva a divertirsi, ora serve a rimanere in vita. Perfino i luna park sono stati divelti, smontati per usarne i pezzi a fini di sopravvivenza. Tutto è stato saccheggiato e riutilizzato, tranne la tv. O meglio, l'apparecchio tv. Da quello non si cava niente di buono. Nessuno dei suoi componenti è utile a qualcosa. Forse il cavo della presa, ma è corto, non ci si lega neppure una bracciata di fascine. Della scatola magica, che ai tempi d'oro aveva fagocitato il cervello del pianeta civilizzato, non si riesce a utilizzare nemmeno una vite. Non serviva prima, non serve adesso. Amen.

Adesso occorrono utensili e braccia allenate. C'è da mietere, falciare, pestare, macinare, cavare, trapiantare, sarchiare. C'è da mungere, cagliare, macellare, scuoiare, cuocere, arrostire. I sopravvissuti, in sette o otto mesi, hanno imparato una manualità sconcertante.

A primavera sono riapparsi minuscoli greggi. Piccoli gruppi di pecore pascolano nelle zone verdi lasciate libere dai coltivi. Ce n'è tanto di verde nel mondo rinato dall'assenza dei combustibili. Durante l'inverno del castigo, gli animali domestici sono stati decimati, mangiati fino alle ossa per sfamarsi. Ma gli ultimi pastori sopravvissuti hanno messo in salvo qualche capo per quella saggia regola del non si sa mai. Hanno risparmiato le femmine incinte, i maschi da riproduzione e qualche esemplare giovane.

È stata dura, la fame mordeva le caviglie come un lupo rabbioso, e non divorare quei capi fu impresa titanica. Ma la speranza imponeva giudizio. Allora hanno messo da parte qualche animale, tenendolo in vita con ogni mezzo. Adesso che il peggio è passato, ecco ripartire piccoli greggi che si spera si ingrandiranno se non torna di nuovo la falce a mietere vittime come l'inverno passato.

Adesso le pecore e le capre sono tornate utili, fondamentali alla vita come il pane e l'acqua e il fuoco. Una volta, quando tutto andava bene e tecnologia e progresso facevano da padroni, i pastori erano emarginati, insultati e derisi. Ce n'erano ancora, isolati in qualche valle. Non molti, ma c'erano.

A primavera e autunno, viaggiando comodi in automobile, ci si poteva imbattere nelle greggi in transumanza che intasavano le strade con interminabili processioni. Ma erano già al tramonto. Anche la serenità degli uomini era al tramonto. Gli automobilisti che incrociavano le greggi in transumanza, anziché ammirare quello spettacolo evocante memorie d'altri tempi, si mettevano a suonare il clacson stizziti. Erano tutti pazzi e nevrotici, della poesia del gregge non gli fregava un cazzo. Erano al tramonto anche loro, gli automobilisti. Ed erano pure falsi e bigotti. A Natale infatti si curavano di infilare nel presepe parecchie statuine raffiguranti pecore e capretti. Di gesso, immobili andavano bene, vere e sulle strade no.

Ma non solo gli automobilisti maltrattavano i pastori. Loro almeno una minima ragione ce l'avevano, la fretta. L'ansia di arrivare li rendeva idrofobi. Quelli che invece avevano cercato in tutti i modi di estirpare i pastori dalla faccia della Terra erano stati i politici. Politicanti spocchiosi e buoni a nulla ce la mettevano tutta per condannare le greggi a morte certa. Era gente che per i pastori non muoveva un dito, ma permetteva il proliferare di megaipermercati nei posti più belli delle regioni. Come era successo in Abruzzo.

Da quelle parti i pastori avevano scritto la storia a suon di pecore. Furono perfino cantati da un famoso poeta. Al tempo delle vacche obese, invece, erano visti come rompicoglioni invadenti e maleducati, cui non si concedeva alcun diritto di territorio. Le autorità li denunciavano per pascolo abusivo, mentre i politici, astutamente buoni a nulla, non aprivano bocca contro la cementificazione dei vecchi tratturi protetti da leggi statali.

Imperava un menefreghismo totale accentuato dal disprezzo sarcastico e ignobile di tutti coloro che ritenevano il mondo bucolico sorpassato e inutile. Questo succedeva però solo in Italia. Negli altri Paesi i pastori erano rispettati. In Francia e Austria, per esempio, lo Stato pagava coloro che vivevano alle alte quote con le greggi. Venivano finanziati, agevolati, aiutati. Solo in Italia maltrattati e derisi.

Adesso la morte bianca e nera ha fatto giustizia, i rari politici rimasti in vita capiscono il valore di una pecora. Un pezzo della sua carne, un ciuffo della sua lana sono Dio. Si è ripreso a filare la lana con i vecchi arcolai. I superstiti ne hanno costruiti di nuovi copiando quelli di una volta e assemblando pezzi di macchinari, lavatrici comprese. E quei pochi che ancora hanno memoria del filare lo insegnano agli altri.

Anche l'apicoltura, ai tempi del benessere, subì la stessa sorte della pastorizia. Ora sta tornando alla grande. Una volta, prima dell'avvento del superfluo, ogni contadino, sia in montagna che in campagna, aveva almeno una decina di alveari. Significavano miele, cera, propoli, pappa reale, prodotti di grande qualità e utilità.

Poi ci fu il boom economico e, salvo qualche appassionato, anche gli apicoltori sparirono come l'intera civiltà contadina. Rimasero quelli a produzione industriale, gente che coltivava api e campi e boschi per far soldi.

Ma ora, la fine del petrolio ha dato torto ai tecnici e ragione ai contadini. Ora che gli ipermercati, le macchine, la tecnologia, il superfluo, l'intero mondo del consumismo si sono trasformati in un cumulo di macerie, torna la terra a dare vita all'uomo. Quella terra che aveva abbandonato e dimenticato da tempo è tornata con dolcezza a offrirgli le sue cose buone.

Il segnale che la terra si sta riprendendo sono le api. Sono di nuovo dappertutto. In primavera hanno sciamato in lunghi grappoli volando appese alla regina, in cerca di un buco dove insediarsi. Si possono vedere anche nelle città, attaccate sotto sporgenze di palazzi e grattacieli. I sopravvissuti hanno intuito che quelle api senza padroni possono essere molto utili.

I cieli ormai sono diventati limpidi, l'aria si respira pura come l'acqua, i bordi dei coltivi mettono fiori. Boccioli spontanei crescono in ogni dove. L'atmosfera si sta purificando, si scrolla le tonnellate di veleni pompati dall'uomo. I rimasti vivi, in questa primavera seguita all'inverno della morte, riprendono il colloquio con le api. E adesso, nel tempo della mietitura, controllano arnie e alveari improvvisati per raccogliere miele a sufficienza da addolcire l'inverno che verrà. Sperano, e un po' lo credono, che non sarà un inverno da castigo come quello passato.

Adesso gli scampati si muovono a uso formiche: laboriosi e silenziosi. In giro si sentono soltanto i rumori del lavoro e qualche richiamo. L'unico obiettivo che perseguono, uomini e donne, è quello di organizzarsi per affrontare la cattiva stagione.

I richiami, a dire il vero, sono rari, per non dire inesistenti. Solo in caso di pericolo si alza qualche voce, altrimenti zitti. La gente preferisce tacere e concentrarsi sulle cose da fare, per il bene collettivo. Molti lavorano da soli. Quando non ce la fanno, aspettano che qualcuno se ne accorga e dia loro una mano. Per esempio, per spostare un tronco, muovere una caldiera di latte o d'acqua oppure un sacco di grano non chiedono aiuto. Con la paura della morte, afflitti dall'estrema necessità, i superstiti hanno imparato a fare da soli, senza chiedere. Hanno imparato a non dare ordini, a non comandare, ad andare d'accordo. Senza rendersene conto, stanno creando una società perfetta, dove non ci sono gerarchie né subordinati. Dove non esiste gente che comanda né gente che ubbidisce. Al massimo si danno dei consigli, ma molto pacatamente.

Se c'è qualcuno in difficoltà, il vicino corre ad aiutarlo e spesso lo fa senza amore né affetto. Lo fa perché gli conviene. Salvare un altro individuo è salvare se stesso, aiutarlo idem. Ma sentimenti niente. Nel periodo del castigo la gente è diventata gelida come la morte bianca e nera. I sentimenti non esistono quasi più, o quantomeno non si manifestano. Sono stati messi in un angolo, pronti per essere tirati fuori quando andrà meglio.

Adesso va già meglio, ma i superstiti non li tirano ancora fuori. La sopravvivenza è ancora troppo a rischio, ci sono da mettere al sicuro le scorte per l'inverno, imparare nuovi metodi per tirare avanti, scolpire la vita a suon d'invenzioni, cavare dal nulla risorse di ogni tipo. Occorre stare uniti, tenersi per mano, formare un girotondo saldo. Se uno solo di quei fortunati molla le mani e rompe il cerchio, tutti gli altri si sfaldano, schizzano via travolti dai problemi. Problemi e necessità vanno risolti rimanendo solidali, altrimenti la morte non risparmierà nessuno. Per farlo occorre impegno e concentrazione, non c'è tempo da perdere in smancerie.

La vita è diventata come una tela, un tessuto, una stoffa: se si cava un filo ne risente tutto il lenzuolo. Lo hanno capito bene i sopravvissuti. Per questo vanno d'accordo e non fanno casino. Non s'impigliano in polemiche, risse, né questioni di nessun genere. E nemmeno hanno bisogno di capi o corpi di vigilanza. Non vi è alcuna necessità; chi sgarra si elimina da solo. Chi non lavora non mangia.

La legge si sviluppa e funziona in maniera naturale, senza alcun cerbero che la imponga. Fame e terrore della morte hanno creato una società perfetta, un equilibrio mai visto prima. Non si spreca nulla, anche un filo di paglia può risultare essenziale. Solo fame e paura rendono l'uomo ecologico.

In autunno, dopo la catastrofe planetaria, nasce il vero uomo ecologico. Prima l'ecologia si faceva solo a chiacchiere. Coloro che si spacciavano per ecologisti erano i primi a inquinare la Terra con automobili e cianfrusaglie di ogni tipo. E quelli che si professavano animalisti o vegetariani, quando la morte cercava di mordere loro le caviglie, divorarono anche gli uccelli, piume comprese. E pure becco e zampe.

Adesso i superstiti scoprono che la Terra l'ha regalata Dio all'uomo affinché l'adoperi per vivere. E cavi dalla sua gerla il necessario per stare al mondo, con dignità e rispetto. Senza sfruttarla e strizzarla come uno straccio bagnato.

Sulla Terra, originariamente, gli animali mangiavano altri animali, i pesci altri pesci, gli uccelli beccavano insetti, gli erbivori brucavano l'erba, gli onnivori mangiavano tutto. L'uomo era onnivoro. Così era deciso, così doveva essere. Quindi non doveva scandalizzarsi nessuno se gran parte degli uomini si cibavano di carne. Invece qualcuno brontolava, inveiva perché gli uomini allevavano animali a scopo alimentare. Cavalli, oche, maiali, galline, pecore, capre eccetera non dovevano essere nemmeno sfiorati. Guai ucciderli per mangiarseli. Ma l'uomo deve nutrirsi anche di carne checché ne dicano animalisti e vegetariani. Però intanto le polemiche fiorivano, odoravano di bontà fasulla come tigli sui viali.

Animalisti e affini, i cui esponenti rimasti ora mangiano carne a volontà, avevano ragione su una cosa:

le pellicce. Le pellicce non servivano proprio. Si poteva combattere il freddo con altri mezzi, senza ammazzare gli animali da pelo.

Adesso però nessuno fa polemiche, nessuno brontola più. Mangiano quel che c'è, carne compresa. Anzi, averne di carne! All'inizio della fine i superstiti mangiavano salamandre, lumache, topi campagnoli, ramarri, bisce, vipere, pipistrelli, rane. Mangiavano insetti di ogni tipo. Li beccavano in terra, come gli uccelli. Cercavano vermi, bruchi, tarme, grilli-talpe e avanti. Tutto ciò che si muoveva di vita propria diventava commestibile. Pure adesso mangiano di tutto. E la gente muore ancora. È sempre morta da quando è apparsa sulla Terra. Dopo l'inverno del castigo però si muore meno. È come se i sopravvissuti fossero diventati di colpo sani, forti, resistenti, meno vulnerabili. Forse perché sono magri, si muovono, lavorano. Devono darsi da fare o crepano.

Ci sono mille lavori. Per produrre farina occorre pestare, setacciare, dividere, pulire. Il frumento viene frantumato a mano, nei mortai, o portato ai mulini a piedi, spingendo rudimentali mezzi ricavati con ruote d'automobili. I rimasti hanno fatto muscoli nelle braccia, nelle gambe e nel cervello.

Bisogna raccogliere l'acqua ché non scappi. Dove non c'è occorre portarvela. Tutto a piedi, tutto a mano, tutto usando il corpo come nei tempi antichi, quando non c'erano macchinari. Ogni risorsa che serve a rimanere in vita, a rendere più umana l'esistenza, ogni minima conquista va guadagnata con l'impiego esclusivo del corpo. Braccia, mani, piedi, gambe e testa. Per questo i sopravvissuti sono diventati camosci, caprioli, aquile, cavalli eccetera.

Adesso che è autunno raccolgono funghi, bacche,

frutti, erbe, foglie, frasche. Tutto ciò che risulta commestibile viene tolto dalla terra con metodo e rispetto. Niente si cava strappando o estirpando. Le radici vengono lasciate sul posto, a sviluppare ancora vegetazione. I funghi si raccolgono quando sono maturi in modo che abbiano rilasciato le spore per far crescere altri funghi. I vecchi contadini scampati alla morte hanno insegnato regole e tecniche ferree per raccogliere senza distruggere o danneggiare.

Sono apparsi di nuovo i roccoli. I tanto vituperati roccoli, un tempo condannati, maledetti e combattuti da verdi e animalisti, ora fioriscono qua e là, in campagna e in montagna.

I roccoli sono grandi cerchi formati da alberi uno accanto all'altro, e avvolti da reti. Il diametro dei roccoli può essere dieci ma anche venti metri. Alti una decina, servono per catturare uccelli di passo e stanziali. Un tempo ce n'era dappertutto in montagna, in collina e in pianura. Nel centro del roccolo si metteva un uccello da richiamo. Poteva essere un tordo, o un merlo o un qualsiasi canterino di voce buona. Attirati dai gorgheggi, centinaia di uccelli si fermavano per aria, cambiavano rotta, voltavano e calavano sul roccolo dove finivano imprigionati nelle reti.

I roccoli erano stati eliminati da leggi severe, banditi dalla pratica venatoria come peste bubbonica. E un po' lo erano. Migliaia di uccelli venivano catturati per servirli nei ristoranti assieme alla polenta. Formavano il mitico piatto veneto di polenta e osèi, prelibato e ricercatissimo.

Un tempo, quando non c'erano ancora l'abbondanza e il superfluo, i roccoli furono la salvezza delle famiglie. Gli uccelli fornivano proteine come tutta la selvaggina, dal cervo alla lepre, passando per l'intera fauna esistente. La vita era fatta di campi, prati e selvaggina. Ma i vecchi uccellatori del passato avevano rispetto, nei roccoli catturavano il numero di uccelli bastanti a vivere. Quelli in più li lasciavano liberi.

Poi venne l'epoca del benessere e i roccoli diventarono strumenti per far soldi. Si cominciarono a catturare uccelli in quantità industriali per arricchire se stessi e i ristoranti. Li pagavano bene, i roccolisti facevano soldi. In questo caso avevano ragione protezionisti, verdi, animalisti e vegetariani a inveire. Ma c'era, nelle loro critiche, pure tanta demagogia. Ora i roccoli sono tornati a dare man forte ai superstiti e nessuno apre più bocca o li vuole far sparire, anzi, si mangiano gli uccelli con piume, becco e zampe. La fame fa cambiare posizioni, schieramenti, idee, modi di pensare e di agire. Con la pancia piena è facile schierarsi, scalpitare, battere i pugni, sentenziare. A stomaco pieno è facile far tutto.

Ai tempi d'oro, c'era gente che imbastiva casini per un tordo messo in gabbia. Casini esagerati. Non gli fregava un cazzo che trentamila bambini al giorno crepassero di fame. Gli fregava del tordo. Quella gente lì faceva pranzi luculliani, cenoni, natali, capodanni e feste senza pensare a chi non aveva neanche pane e acqua. Ma guai toccare il tordo. Peggio ancora ingabbiarlo.

Allora imperavano ipocrisia e falsità. Ma adesso, con l'avvento della morte bianca e nera, le cose sono andate a posto. Si sono sistemate da sole, senza leggi, cavilli, imposizioni o privilegi.

Quelli che sbraitavano per i tordi in gabbia, adesso li mangiano con le piume. La fame rende veri gli uomini: li fa naturali, onesti, sinceri, puliti. La fame estirpa noie e paranoie. Le paturnie che prima aizzavano annoiati e zelanti a impegnarsi in battaglie contro tutto e tutti, ora sono scomparse. Alcune di quelle battaglie erano buone, perseguivano nobili intenti, ma altre erano soltanto frutto di noie a stomaco pieno. L'inverno del castigo è servito a qualcosa. Ha migliorato l'uomo.

Adesso i sopravvissuti sono ripartiti da zero, hanno recuperato valori dimenticati da anni, come il lavoro manuale, il tempo libero, la semplicità, il movimento. Hanno imparato a vivere in pace, a collaborare, a stare uniti, a non aver bisogno di capi. Più che imparato, sono stati costretti, ma il risultato è stupefacente. Ora sono capaci di coltivare la terra, allevare gli animali, cacciare, stare accanto al fuoco, raccontare storie, guardare le stelle. Le stelle si vedono bene nelle notti senza luci e senza smog. Piovono stelle come mirtilli sulle città tranquille. Stelle e silenzio di notte, vita laboriosa, traffichio, brusio e speranza di giorno.

Nonostante fatiche, difficoltà, ristrettezze, penuria di tutto, gli uomini scampati godono una pace e una serenità mai avute. Mai sognate. E nemmeno mai esistite.

Perfino secoli prima, quando l'uomo viveva in simbiosi con la natura e produceva il necessario usando le mani, guerre, risse e incomprensioni erano all'ordine del giorno. Anche allora c'erano miseria e fame, ma non collettive e non per tutti. Perciò, chi aveva lo stomaco pieno aveva tempo e voglia di begare.

Per rendere tutti uguali c'è voluta la morte contemporanea sull'intero pianeta. Solo così, tutti quelli che l'hanno schivata sono diventati uguali tra loro. Tutti perfettamente pari. Un corpo e un'anima ciascuno, senza titoli, dottorati, forzieri, soldi tenute, ville, piscine, poteri, comandi. Senza investiture politiche, culturali, sociali, verbali, morali e affini. Né biasimi né medaglie a nessuno. Senza niente, ma tutti padroni di terra, cielo, acqua, fuoco, vento, attrezzi, cibo, solidarietà, serenità. Tutti padroni del mondo senza spartizioni di fette a uno o all'altro. Non ci sono più confini, né sulla carta né ricamati sul terreno con filo spinato. Né custoditi da garitte e uomini armati, o guardie di Finanza.

Quell'autunno di salvamento, gli uomini sono tornati finalmente a vivere in armonia con loro stessi e con la natura. Dopo che era stata maltrattata, vilipesa, derisa, avvelenata e quasi ripudiata, la Madre Terra li sta di nuovo allattando al seno. I rimasti in piedi sono andati a cercarla, se la sono ripresa. L'hanno tirata fuori dall'ospizio dove boria, ignoranza, brama di soldi e mancanza di saggezza l'avevano segregata da tempo.

Adesso la terra è diventata indispensabile. I ritmi di vita sono scanditi dal levar del sole, dal chiaro di luna, guidati dalle stelle, come i Re Magi. I rimasti vivi vengono sostenuti dal vento, come le poiane. Aiutati dal fuoco, dall'acqua. Il tempo non lo segnano più orologi, meccanismi al quarzo o diavolerie del genere. Le ore le scandiscono il giorno e la notte. E qualche meridiana rimasta appesa ai muri delle antiche case di monte o di piano. Le meridiane superstiti danno l'ora con modestia, rivelano l'andare del tempo in silenzio, senza clamori o rintocchi di campane.

E gli uomini rimasti le imitano, i bambini pure. I piccoli scampati al disastro hanno sentito il soffio della morte, lo hanno letto sulle facce degli adulti, l'hanno respirato nelle città spente, per questo non levano al cielo grida gioiose. Non giocano neppure. L'unico passatempo consiste nel dare una mano agli adulti a tirare avanti. In pratica, prendono il lavoro come un gioco. Lavorano giocando, giocano lavorando. Ed è molto più impegnativo e gratificante di quando maneggiavano robot e macchinine telecomandate.

Come ai tempi antichi, quando non c'erano lussi e comodità, i ritmi dei superstiti ora s'incastrano perfettamente con quelli delle stagioni e dei giorni. Se tutto andrà bene, i giorni a venire saranno migliori. Gli uomini, nonostante sentano il gelo della tragedia ancora nelle ossa, capiscono che stanno vivendo un lusso nuovo, sono padroni di equilibri mai conosciuti. Godono una pace e una serenità che non pensavano neppure esistessero. E se esistevano (perché da qualche parte esistevano) non le conoscevano. La frenesia del mondo storto non concedeva loro manco di avvicinarle. Adesso, invece, le toccano con mano.

Ogni ora, ogni minuto, ogni secondo dei giorni e delle notti sono circondati dalla tranquillità. "Che bella vita" pensano, "che vita in pace, che vita sana!" Tutto questo bendidio, semplice e naturale, se lo godono al massimo. Proprio perché temono sia precaria e non duri, che spunti all'orizzonte un nuovo disastro, bevono goccia a goccia la vita miracolosamente recuperata per il rotto della cuffia.

Intanto è giunto l'autunno, l'autunno della resurrezione. Nel mondo rimasto vibra la vitalità del fare. Le messi s'inchinano dorate prima di cadere al colpo della falce. Dappertutto brillano verzure e frutti autunnali. I rimasti si preparano all'inverno. Accatastano legna nelle piazze delle città, ammassano cibo nei depositi che sono chiese, palazzi, banche. Fanno essiccare erbe, funghi, carne. Tutto quello che può deteriorarsi viene lasciato a seccare al sole e messo via. Per procurarsi materia da ardere, disfano le case una dopo l'altra. Tanto ce ne sono a milioni, persone no. Sono rimasti in pochi. I superstiti del mondo tecnologico possono demolire intere città per scaldarsi. Fanno fuori abitazioni di ogni tipo, basta che contengano legno. Le costruzioni nuove non danno niente, sono di cemento, mattoni e gesso. Molte case di città erano state saccheggiate l'inverno prima, ma ce ne sono ancora tante da demolire che metà bastano.

Poi ci sono boschi di montagna, di pianura, siepi, colline piene di alberi, pinete, isole di ulivi. Alberi ce n'è dappertutto, basta saper tagliare, prelevare con accortezza. E, una volta prelevato, badare a piantarne di nuovi. Questa è la regola, se togli uno devi rimettere dieci, altrimenti ciò che togli finisce. Gli ulivi vanno curati. Quelli vecchi, disossati dal tempo e dai dolori, vengono tagliati e accatastati, pronti all'uso.

Così, dopo circa dieci mesi dalla morte bianca e nera che ha spazzato dal mondo l'uomo artificiale e riportato l'uomo naturale, i superstiti s'apprestano ad affrontare l'inverno. Sono pronti, allenati, sereni, forti, sani. Quel che più conta, sono calmi e sicuri. A quel punto pare che tutto debba filare per il meglio, senza tanti pericoli e patimenti. Gli uomini tengono in pugno la situazione, hanno acquisito l'antico sapere delle mani, conoscono l'arte di arrangiarsi e sopravvivere nella natura.

L'autunno della resurrezione promette bene. Gli scampati pensano al Natale, qualcuno progetta presepi d'argilla per allietare la festa, ringraziare Gesù di essere ancora vivi.

Seppur con altri ritmi, altri mezzi, altre esigenze,

un pugno di uomini dà inizio a un nuovo ciclo sulla Terra. Tra le loro mani, una vita naturale, lenta e serena, comincia a muoversi. Avanza piano, come un bambino che impara a camminare, o un vecchio che ha camminato tanto. A tratti si ferma, alza la testa, guarda il cielo.

È un cielo autunnale, pulito, limpido, fresco. Un cielo di speranza.

«Che bene si sta» sospirano i superstiti, «ora possiamo pregare per i morti.»

12
Rieccolo

E così gli uomini rimasti cominciano a pregare. Alla sera, radunati nelle piazze accanto ai fuochi, prima di raccontarsi storie o commentare il giorno appena trascorso, tutti insieme innalzano al cielo preghiere ai defunti, a quella moltitudine che la morte ha spazzato via dal pianeta. Pregano e lavorano, lavorano e pregano come i frati di un tempo.

Si muovono tranquilli nel nuovo mondo lavato e pulito, fatto di ritmi lenti e sereni, spesi nel costante impegno per il puro scopo di vivere e godere in pace il tempo libero, senza polemiche, risse o scavalcamenti di ruoli. Ognuno fa il suo, ma nello stesso tempo lo fa assieme agli altri. E allora è come se lavorasse uno solo. I sopravvissuti sono un blocco unico, un uomo soltanto. Per questo vanno d'accordo. Un uomo da solo non fa baruffa con nessuno, non se la prende nemmeno con se stesso. Non ne varrebbe la pena.

Il formicolio giornaliero dei rimasti vivi si stempera alla sera, termina a notte fonda, quando tutti vanno a dormire da qualche parte. Molti dormono assieme in cameroni di palazzi, fabbriche, case qualsiasi. Se una coppia vuol fare l'amore si apparta in un luogo discreto. Fanno l'amore in silenzio, senza mugolii né ululati, come se ricevessero un dono prezioso e segreto.

La grande sciagura ha ridimensionato persino il piacere. L'orrore e il terrore della morte hanno fatto sì che adesso ogni piccola gioia la si assapori in silenzio, quasi furtivamente. Sembra che i superstiti abbiano paura persino di fiatare. La tragedia è ancora fresca, la lezione è servita. Niente facili entusiasmi né chiassose euforie. Cogliere qua e là quel po' di buono che è stato ricostruito. Come un regalo, appunto. I giorni stessi, che si rincorrono l'un l'altro come grani di rosario, sono regali alla vita. E così il ritmo va avanti piano e in silenzio, e tutto sembra procedere migliorando. Mai si ricordava sul pianeta una simile armonia.

Nemmeno ai tempi delle caverne esisteva un andar d'accordo così perfetto. Anzi, non esisteva affatto. Gli uomini primitivi erano continuamente impegnati in guerre e battaglie per restare vivi. Una lotta costante per la sopravvivenza. E neanche nelle epoche successive le battaglie cessarono. Battaglie che in molti casi diventavano guerre. Scontri mossi da gente a stomaco pieno contro gente a stomaco vuoto. A volte viceversa. No, il mondo, dalla comparsa dell'uomo, non era mai andato d'accordo come dopo l'avvento della morte bianca e nera. Per il semplice motivo che mai si era verificata una tragedia planetaria che stritolasse nelle sue ganasce l'intera umanità.

Occorre prendere paura tutti insieme per andare d'accordo e non dare vita a risse, polemiche e reclami. Occorre aver fame tutti allo stesso modo per collaborare a produrre cibo senza rubarselo l'un l'altro. Senza mire personali, avidità, egoismo. Il terrore della morte aggiusta tutto. La certezza della morte in salute, per fame e freddo, aggiusta l'uomo. Solo quella.

Se realizzi che stai per crepare congelato e di stenti, ti aggrappi a ogni appiglio, chiedi aiuto anche al peggior nemico. E questo, che sta nelle tue stesse condizioni, chiede aiuto a te. Non è più nemico tuo, né tu nemico suo. C'è da salvare la pellaccia, bisogna metter da parte odi, vendette e rancori. E si va d'accordo, perlomeno finché vi è necessità assoluta l'uno dell'altro. Ma occorre esser ridotti tutti sullo stesso piano, nella stessa barca. Se a un certo punto uno salta mezzo gradino più in su, rompe l'equilibrio e il caos torna a dominare.

Altro demonio che può rompere l'equilibrio è l'aver raggiunto una qualche certezza di vita. Essere sicuri che non si morirà più di fame e freddo. La certezza che il peggio è passato e la situazione è salda in mano fa perdere il controllo, si comincia di nuovo a osare. A quel punto l'uomo mette in atto il furbesco egoismo. Non fa tesoro dell'esperienza, torna quello che è sempre stato: un coglione.

Intanto l'autunno va avanti, i giorni s'accorciano, l'aria diventa limpida e pungente. I cieli sopra le città sembrano lastre di vetro tanto sono puliti e tersi. Si sente odore di legna bruciata, letame, erbe secche, funghi. Il sole autunnale accende le città diventate campagne. Strane campagne sorte fra cemento e grattacieli, strade e semafori spenti. Ma spenta non è la vita, che brulica in silenzio attorno alle faccende. I superstiti sono pochi ma operosi.

L'inverno, con il suo pastrano da granatiere, è alle porte, bisogna affrontarlo con il muso duro quanto il suo. Non sembra vero tutto questo silenzio in mezzo al brulichio indaffarato. Nemmeno un anno prima, le città scoppiavano di gente, automobili, casini, clangori, smog. La follia era quasi al massimo quando arrivò la morte bianca e nera a sistemare tutto. E tutti. Da quel giorno, e da quei morti, pace e silenzio regnano sovrani sulla Terra rinata al lavoro dei campi e al valore delle piccole cose.

Ma una mattina, in una città qualsiasi del mondo parificato e laborioso, si sente un gridare concitato. Chi si trova vicino tende l'orecchio. Le voci non calano di tono, anzi, aumentano. Che mai ci sarà da gridare tanto? I sopravvissuti più distanti si avvicinano, vogliono sapere cosa c'è da urlare a quel modo. Erano mesi che non si udiva il minimo alzar di voce. Deve essere successo qualcosa di grave. Intanto le grida si fanno più alte, volano insulti, ci vuol poco a capire che si tratta di un alterco. Attoniti e sbalorditi, i superstiti s'avvicinano ancor di più e scoprono che a begare sono due uomini sui quarant'anni. Non vengono ancora alle mani, forse non ne hanno neppure l'intenzione, però se le cantano di santa ragione. Questa rissa, dopo dieci e più mesi di silenzio assoluto, stupisce e preoccupa tutti.

I due continuano a litigare. Da quel che si può intuire, uno accusa l'altro di fare il furbo. Dice di aver portato dieci sacchi di grano nella banca adibita a deposito, e rimprovera il compagno di averne stipati solo quattro. L'altro ribatte che lì non ci sono né capi né padroni e che sposta quanti sacchi gli pare e che non si permetta di dirgli cosa deve fare. Né di rompere i coglioni, aggiunge.

La questione va avanti per un po', finché interviene un uomo più anziano, uno sui sessanta, con la barba lunga e bianca. Ormai hanno tutti barbe lunghe. Cerca di metter pace tra i due, ma non vi riesce. Nel frattempo la gente fa capannello attorno ai baruffanti. Qualcuno intima di finirla, altri inveiscono contro i galli in rissa. Tutti capiscono. In quella bega possono leggere il futuro e non accettano che sia così.

Quell'alterco è il segno che qualcosa sta cambiando, che forse la pace sta per finire. Così, anche coloro che erano accorsi per capire e mettere pace, cominciano a perdere la pazienza, lanciano improperi all'indirizzo dei due. Circondati dai superstiti vocianti, i contendenti la smettono, ma minacciano di ritrovarsi a tu per tu.

A quel punto qualcosa è veramente cambiato, è evidente a tutti. Non vi è più la certezza che i giorni fileranno in pace. Allora si decide di eleggere un capo, uno che imponga l'ordine. Lì per lì, viene scelto quello con la barba bianca, intervenuto a placare i contendenti. Lo preferiscono perché ha una certa età, ma una certa età è sempre un'età incerta.

Lui accetta e pone subito regole severe. D'accordo con tutti, decide che chi attacca briga verrà emarginato e lasciato senza mangiare, cominciando dai due baruffanti. Ma quelli fanno capire che se si giungerà a tanto ruberanno il cibo. Allora ci vogliono dei guardiani, dicono gli altri. Così, barba bianca sceglie una decina di uomini. Armati di vanghe e zappe, dovranno montare la guardia ai depositi. I due baruffanti replicano che, se le cose stanno in quel modo, andranno via, si sposteranno in altre città dove pensano di poter stare meglio. Lì, ormai, hanno rovinato la piazza.

Così i due, che per primi hanno rotto la pace, se ne vanno. Passa un po' di tempo e anche nelle altre città cominciano ad accadere fatti dimenticati, liti e contrasti.

È stato beccato qualcuno a rubare. Gli hanno dato un sacco di botte. Non si deve rubare, non serve. Nessuno ha più rubato dall'inverno prima. Come mai adesso succede?, si chiedono i superstiti. Così, anche nelle altre città viene eletto un capo che si circonda pure lui di guardiani armati di spranghe, bastoni, coltelli, quel che capita. Armi da fuoco niente. Non essendoci cartucce, le armi sono pezzi di ferro inutili.

È da osservare come la fine del mondo storto abbia fatto piazza pulita di qualsiasi meccanismo complicato. Sono rimasti funzionanti solo gli oggetti semplici. E le forze della natura, vento, acqua, fuoco.

Nelle città, però, continuano a nascere casini. Gli scampati ormai stanno bene, perciò hanno tempo di perdersi in mille arrovellamenti. E così facendo cominciano a rompersi i coglioni a vicenda. Nascono discussioni e dispute.

In vista dell'inverno imminente, qualcuno cerca di nascondere provviste all'insaputa degli altri. Fanno deposito dentro stanze di case abbandonate, sotterranei, palazzi, cantine eccetera. Ma vengono scoperti, perché la gente tiene gli occhi vigili. Scoppiano così dei parapiglia a causa del maltolto. In qualche caso si viene alle mani.

Quando gli uomini alzano le mani significa che qualcosa si è rotto. È così che nascono le guerre. I singoli cominciano a picchiarsi. Poi la cosa s'ingrandisce. Non bastano più le mani, si prendono le armi. Quando un dopo l'altro tutti si armano, si armano le nazioni. Poi uno dice: combattete. Ed è fatta. È la guerra. Si inizia dal poco, si finisce con il tanto. Dolori, morti, sofferenze, angosce.

Nei mesi che portano al secondo inverno dalla morte bianca e nera, gli uomini hanno già dimenticato patimenti e paure. Ricominciano a baruffare. Nelle città, i capi designati dal popolo superstite cercano di mantenere l'ordine, coadiuvati dalle squadre armate. Ma non serve. Ormai il caos sta prendendo piede, le discussioni aumentano, ognuno cerca di fare per conto proprio.

Qualcuno, convinto di esser più bravo degli altri, sentenzia che d'ora in poi si basta da solo, non ha bisogno di nessuno, quel che fa non lo divide più.

«È il caso di finirla» dice, «da qui in avanti ognuno si arrangi.»

Ormai urgenza e paura stanno alle spalle, è venuto il tempo di vedersela da soli. Chi vale di più, conta di più ed è giusto faccia un passo avanti. Così dicono i ribelli. Allora i capi cercano di tenere a freno i rivoltosi facendo intervenire le guardie. Per reazione i ribelli si uniscono in gruppi, e si armano pure loro. Afferrano badili e picconi per andare contro le guardie. Si verifica qualche scontro con feriti e contusi da entrambe le parti. I vecchi superstiti, quelli che con il loro ingegno hanno insegnato agli altri a salvare la pelle, gridano di smetterla, da mangiare ce n'è per tutti. Ma sono parole al vento, le liti non si fermano.

Ci sono, è vero, molti giorni di pace, ma dopo un po' succede sempre qualcosa che rompe l'equilibrio. L'uomo non ha capito niente, non ha fatto tesoro della lezione. Le preoccupazioni dei saggi trovano conferma quando qualcuno entra nei caveau delle banche abbandonate a prendere uno o due lingotti d'oro per metterli da parte. Subito altri, che fino ad allora nemmeno ricordavano il metallo prezioso, lo imitano.

«Non si sa mai» dicono, «se lo prende lui lo prendo anch'io, può darsi che torni buono.»

Sotto sotto non disperano che lentamente torni a trionfare il tempo delle vacche obese, quando comandavano oro e soldi. E infatti, forse, senza nemmeno accorgersene, con questo comportamento sono loro stessi a ridare vita al mondo storto che aveva squilibrato la Terra.

Ma la caccia all'oro non è l'unico segno che sta rivelando quello che l'uomo in fondo è sempre stato, dai tempi in cui si rizzò in piedi: un incauto infelice e insoddisfatto coglione. Un coglione che non s'accorge di esserlo. Quando sta bene, fa di tutto per rendersi la vita amara.

I superstiti cominciano a barattare in segreto le cose che, nonostante i guardiani, sono riusciti a sottrarre e nascondere.

«Dammi un sacco di patate, io ti do mezzo sacco di farina» bisbigliano.

«Ti do questo badile per due zappe che mi servono.»

E così via.

Per i più disparati oggetti, per robe da mangiare, da vestire, da far fuoco, gli uomini danno il via agli scambi. Il commercio prende piede e con esso furberie e imbrogli.

Alla fine, poco prima dell'inverno, gli scaltri hanno già qualcosa in più degli altri, per cui quelli che hanno di meno dipendono un pochino da loro e cominciano a fare i leccaculo. Alcuni si piegano, servili e ruffiani, davanti ai nuovi potenti. E questi, proprio in virtù dei leccaculo, diventano sempre più forti. Circondati da piccoli eserciti di fedeli adulanti, iniziano a mettere condizioni, a dare ordini, a decidere.

Da ogni parte succede lo stesso, altri signorotti nascono come funghi. Nelle città si cominciano a fare i loro nomi. Se c'è da decidere qualcosa si ricorre a loro. I superstiti non si rendono conto, ma sono tornati i padroni, li hanno creati loro stessi giacché nei mesi della fame e del freddo padroni non ne esistevano più. Il mondo dei rimasti era uguale per tutti e tutti erano uguali tra loro.

I nuovi, è vero, sono padroni senza soldi, ma hanno la roba, che è come avere ricchezze senza fine. La roba compra i servizi di chi ha di meno e vuole avere di più. Ma non è solo questo il motivo della comparsa dei padroni. La vera ragione è che la gran parte degli uomini vuole un padrone, qualcuno che decida per loro, non può farne a meno. Salvo poi, quando il padrone c'è, inveire contro di lui e maledirlo ogni giorno. Ma intanto lo vuole.

Senza un capo l'uomo non riesce a ragionare.

Così si va verso un Natale nuovo e un inverno molto più sicuro del precedente ma di certo non tranquillo. Più sicuro perché ci sono stati i raccolti, le mietiture, gli orti pieni di frutta e verdura, le vacche che danno latte, formaggio, burro, ricotte. Capre e pecore che danno altrettanto. E poi la selvaggina non manca. Tutti hanno imparato a cacciare senza fucili né cartucce. Usano mezzi primitivi (trappole, archi, balestre, ami, ganci, lacci) che risultano molto efficaci. C'è la pesca con barche a vela, reti, forconi, fiocine. I mulini a vento girano a pieno ritmo, quelli ad acqua pure, i superstiti hanno imparato a condurli con precisione.

Se ormai è stata raggiunta una certa sicurezza, la tranquillità invece comincia a traballare. L'inverno è alle porte e gli uomini rimasti hanno eletto ovunque i propri capi che si sono circondati di guardiani armati per mantenere l'ordine. Questi comandanti voluti dalla gente si sono visti assegnare zone ben precise delle città e cercano di gestirle al meglio. Da altre parti però nuovi capi autoproclamati hanno formato i loro piccoli eserciti con la scusa di mantenere l'ordine. Gli uni si convincono di avere meno roba degli altri e la chiedono a coloro che, ritengono, dovrebbero averne di più. Questi dicono che le scorte non le danno a nessuno, ognuno si faccia bastare quelle che ha. Allora nascono dispute, risse verbali e casini. Ma tutto ancora nei limiti del tollerabile.

L'intollerabile capita sotto le feste di Natale, quando ormai sulle montagne è caduta la neve e i falò ardono lungo le vie delle città. Nelle stanze di case e palazzi occupati, il fuoco scalda i superstiti.

Una mattina viene trovato un uomo con la testa spaccata e visibilmente la causa non è stata un incidente. Si tratta di uno ingaggiato dai nuovi capi. Montava la guardia al deposito di farina. Adesso è per terra morto e dal magazzino mancano parecchi sacchi. In pratica c'è stato un furto e lui ci ha rimesso la pelle. La notizia fa il giro di bocca in bocca. Il primo morto accoppato! La cosa preoccupa molto.

Un giornalista scampato all'ecatombe scrive la notizia con il carbone sulla parete di un condominio. Non servirebbe, le voci dei superstiti fungono da radio, giornali e televisione: informano fin troppo. Ma lui scrive lo stesso. Hanno ammazzato un uomo, è un fatto grave, occorre dare la notizia.

Scrivere è un segno inequivocabile che si cerca di resuscitare la vita di un tempo. Quantomeno si comincia, i fatti lo testimoniano. Sono iniziate beghe, risse e furti, ecco tornare la vecchia vita! Ora anche un ammazzamento. Niente male, c'è pure la notizia scritta. Fin dall'arrivo della primavera i giornalisti scampati avevano preso a scrivere sui muri con il carbone, ma era soltanto per coordinare i sopravvissuti, dare le dritte ai disperati. Poi avevano smesso, c'erano cose più urgenti da fare.

Ora uno di loro ha ripreso a scrivere. Dopo di lui altri si mettono a imbrattare. Scrivono dappertutto, sui muri e su ogni superficie liscia. Notizie non mancano. Qualcuno ha visto chi ha fatto fuori il guardiano delle farine e lo riferisce. Parte una spedizione punitiva, c'è un altro morto accoppato. Altra notizia. La cosa monta come schiuma. Giorno dopo giorno le squadre vengono allo scontro.

«In questa zona comando io» dice un capo. «Non dovete metterci piede.»

«Voi avete l'acqua» risponde l'altro. «L'acqua serve anche a noi.»

«L'acqua è di tutti, d'accordo, ma avete rubato la farina, quella era nostra. In più avete ammazzato un uomo.»

«Se ci dava la farina non gli succedeva niente, ma voleva mandarci via, minacciava di legnarci.»

«Bastava chiedere, ve la davo io, non occorreva rubare e ammazzare.»

Queste risse fanno il giro delle città. Le notizie corrono di bocca in bocca, di muro in muro, di superficie in superficie. I pennivendoli le raccolgono e le scrivono. E si firmano. Poi cancellano, grattando via le superfici per fare spazio a notizie più fresche. È nata una primitiva forma di giornalismo.

Una mattina, sul muro sporco di un palazzo, compare una scritta a carbone che critica la forma di un testo apparso sullo stesso muro due giorni prima. L'estensore se la prende con il pennivendolo che ha redatto quelle righe, secondo lui, piene di strafalcioni e inesattezze. Maltratta l'autore definendolo inetto e buono a nulla. Firmato nero su bianco.

Accidenti allo stomaco pieno! Era ricomparso, come muso di talpa dalla terra, il critico letterario.

La morte bianca e nera li aveva spazzati via quasi tutti. Erano spariti assieme a critici d'arte, intellettuali e perditempo di ogni sorta, scrittori compresi. Ma alcuni di quei cervelloni si erano salvati. I contadini avevano insegnato loro a coltivare la terra e quelli, per non schiattare, si erano mutati in villici. Ogni tanto però, dall'alto dell'antico sapere, trovavano di che dire.

«Chi impara a scuola insegni a scuola» li zittivano i contadini, consegnandogli il badile.

Alla fine, percossi dalla fame e con il terrore della morte, avevano preso a faticare e stare muti.

Finché aleggiò sul mondo l'ombra della morte, politici, intellettuali, critici, padroni, capi, vescovi, cardinali, barboni e tutto il genere bipede pensante rimase in assoluto silenzio. Soprattutto rimase in pace. Ma adesso che da mangiare ce n'è e l'ombra della morte è lontana, agli uomini è tornata voglia di farsi male. Infatti riprendono a baruffare, guerreggiare, criticare, rubare, comandare. Insomma, a rompersi i coglioni a vicenda.

Alcuni capi aumentano il numero di guardiani per mantenere l'ordine. In pratica, promettendo loro cariche e ricompense, reclutano soldati fino a formare piccoli eserciti personali. Altri, per non sentirsi da meno, fanno lo stesso. I minieserciti, nati per garantire l'ordine, alla fine scoprono che possono approfittare di parecchi vantaggi. Per esempio, tengono per loro il cibo migliore.

I superstiti a questo punto si ribellano, chiamano in aiuto i capi delle zone limitrofe con i loro minieserciti fedeli. Si arriva a veri e propri scontri fisici, battaglie con feriti e qualche morto da entrambe le parti. Allora, alcuni capi intuiscono che occorre ingrandire l'esercito, perciò s'accordano con i loro pari che la pensano allo stesso modo. Per reazione, altri fanno uguale, ingrandiscono le fila. Ma, avendo idee e visioni del mondo diverse dai primi, si comportano in maniera opposta. Così, senza neanche rendersene conto, uomini di idee diverse hanno creato dei partiti dove si sono immediatamente collocati con i loro eserciti. E da lì non li schioda nessuno, nemmeno la logica del buon senso che sussurra loro di fermarsi, che stanno rovinando tutto, che si stanno facendo male. Lo sanno, ma tirano dritto, mossi da orgoglio, vanità, cocciutaggine, e sete di potere.

È infatti ricomparsa la sete di potere. Quando un uomo mangia tre pasti al giorno, diventa pericoloso. Per se stesso e per gli altri. Mangiare troppo rende nervosi. Pasti continui e digestioni faticose creano le guerre. Difficilmente i morti di fame combattono tra loro.

Così, a neppure un anno dal passaggio della morte bianca e nera, molte cose sono tornate come quando imperversava il mondo opulento, il mondo storto. E non è finita, il grosso deve arrivare.

Arriverà in seguito, e assai velocemente. Le cose storte si spingono avanti l'un l'altra, come le carte del domino. E ci mettono poco a fare strada.

Qualcuno dei capi ingrandisce l'esercito fino a impadronirsi della città dove vive. Ha battuto rivali e ostacoli a colpi di vanghe, badili, picconi e zappe. Ora comanda lui, decide quello che vuole, distribuisce cibo e roba ai superstiti secondo un suo personale criterio. Di conseguenza i superstiti si dividono a metà, chi lo ama e chi lo odia. Chi lo ama si mette con lui, ricevendone benefici e protezione. Chi lo odia si schiera contro, alleandosi con il rivale di un'altra città.

Ma un uomo che ha raggiunto tale potere non si

accontenta della torre conquistata a badilate, ne vorrebbe un'altra. Allora sguinzaglia delle spie affinché riferiscano la situazione del posto che vorrebbe conquistare. Ma pure il signorotto di quelle parti ha idee e brame di conquista. Così, quando il sacco è pieno, i due si trovano in battaglia e uno (non è importante quale) perde la città e la vita.

Pompato dal successo, il vincitore pensa a un'altra conquista. Però s'accorge che gli sconfitti si stanno organizzando per dargli contro. Vogliono far rispettare le loro idee, pretendono i loro diritti. Allora il nuovo signore emana subito una legge a passaparola: farà impiccare tutti quelli che, in un modo o nell'altro, lo ostacoleranno e gli daranno dei fastidi. E li fa impiccare sul serio.

In tante città succede lo stesso. Un cialtrone le conquista e comanda. E condanna a morte coloro che non la pensano come lui. È tornata la pena di morte in tutte le città del mondo scampato all'ecatombe bianca e nera.

All'improvviso sono ricomparsi i tiranni, i dittatori, gli assassini. Hanno cominciato due fessi con un battibecco per alcuni sacchi di farina. Ora vanno avanti i potenti creati dai fessi. Accendono guerre e impongono la pena di morte.

Seppur con minori mezzi, sta tornando tutto come prima. Ed è solo l'inizio. Con l'anno nuovo i signorotti si organizzeranno. Faranno passare il Natale, poi metteranno mano ai programmi. Coadiuvati dai loro scagnozzi, vorranno impadronirsi delle risorse alimentari per dominare con la forza.

Dove sarà necessario con la violenza.

Ma i superstiti pacifici a un certo punto intuiranno che così non può andare. L'avevano già capito ma speravano si trattasse solo di schermaglie di passaggio, di assestamento. Comprenderanno che invece stanno tornando padroni, comandanti e dittatori. E che non molleranno tanto facilmente il potere conquistato.

Allora che faranno? Occorrerà ribellarsi. I superstiti pacifici dovranno organizzarsi per rovesciare le dittature dei capi. Dovranno entrare in guerra loro malgrado.

A causa dei violenti, diventeranno violenti anche i più tranquilli. È sempre stato così, per combattere la violenza ci vuole altra violenza. Quella dei non violenti, dei miti, dei pacifici. Il male costringe al male anche i buoni. Per fini di giustizia, anche i più calmi si armeranno. È sempre successo così nella storia del mondo. "Peccato" penseranno i pacifici, "si stava così bene."

Una volta organizzati, i non violenti inizieranno la lunga lotta di liberazione con morti, dolori e patimenti da entrambe le parti. Alla fine vinceranno, il bene trionfa sempre sul male.

Allora, quando avranno vinto, cercheranno di formare una società migliore, più giusta. Eleggeranno dei comandanti capaci di governare e di decidere. Però gente giusta. Ma quanto dureranno quei giusti? Poco. Presto saranno anche loro presi dalla voglia di possedere di più. Si faranno coinvolgere da altri, più smaliziati. Alla fine, anche se avranno abolito la pena di morte e permesso una certa tranquillità d'esistenza, saranno risucchiati nel vortice del potere e dell'avidità.

Concederanno regalie e agevolazioni ad amici e parenti, segregando nella miseria nemici e detrattori. Inizieranno ad accumulare beni e fortune sotto forma di campi, prati, boschi, animali e roba da mangiare. Distribuiranno terreni e case a chi vogliono, ai loro prescelti. Non serviranno scartoffie né contratti scritti, quelli sono spariti assieme ai notai. Basteranno assegnazioni sulla parola. Ma, affinché l'assegnazione non venga usurpata o sottratta da altri, ci vorranno guardie che la facciano rispettare, che la difendano. Così, anche i capi scelti per le loro doti di saggezza e giustizia si circonderanno di un esercito.

Qualcuno però non ubbidirà, si ribellerà, comincerà a rubare o a inveire contro i nuovi capi. Li offenderà, facendo vedere che sono ingiusti. Allora questi ribelli, in mancanza della pena di morte, verranno presi e chiusi dentro cantine, sotterranei, chiese, caveau di banche. Così torneranno ad aprirsi le prigioni.

Non c'è niente da fare, l'uomo è un cane che si mangia la coda. Gira in cerchio fino a consumarsi.

A questo punto è inutile tirarla lunga, è già chiaro quel che succederà. Un po' alla volta, tutto tornerà come prima, prima della morte bianca e nera. E sarà il principio di un'altra fine. Finché l'uomo non sparirà dal pianeta, farà di tutto, e ce la metterà tutta, per farsi male e per star male. Poi si estinguerà. Ma sarà colpa sua. L'uomo sarà l'unico essere vivente ad autoestinguersi per imbecillità.

Amen.

Erto, 19 febbraio 2010

Indice

mera metafora demagogia
(le Paturnie (auto a idrogeno
Toyota
clangori Alterco Improperi

PRIMO QUADERNO

SECONDO QUADERNO

Arnoldo Mondadori Editore S.p.A.

Questo volume è stato stampato
presso Mondadori Printing S.p.A.
Stabilimento Nuova Stampa Mondadori - Cles (TN)

Stampato in Italia - Printed in Italy